UN SECRETO

Alejandro Palomas

A las almas grandes de los más pequeños.
Que nadie las manche.
Nunca.

Un secreto

Alejandro Palomas

 Flamboyant

Los niños hablan.
Sobre todo cuando no hablan.

I

EL PRINCIPIO DE ALGUNAS COSAS

GUILLE

TODO EMPEZÓ CON LA REDACCIÓN DE NAZIA.

Cuando la señorita Sonia entró a última hora y vio que Miguel Escobar y Laura Salas se estaban peleando porque querían sentarse al lado de la ventana, se puso muy seria y sacó un poco de aire por la nariz.

—Como es el primer día de clase, dedicarán la hora a contarme lo que han hecho durante las vacaciones de Navidad —dijo muy seria. También levantó muy rápido la mano y el dedo, así, apuntando al cielo—. Por escrito. Quiero la redacción por escrito. Y con bolígrafo.

—Pero, seño, siempre lo mismo. Es que con lo cortas que son las vacaciones no da tiempo de hacer nada —dijeron los gemelos Rosón, que muchas veces hablan a la vez, y Gema Piñol se metió la mano por debajo de la falda, se estiró el elástico de las bragas y luego se oyó «chas» y ya está. A mí las redacciones no me gustan porque no me salen muy bien, pero este año las vacaciones de Navidad han sido un poco raras y tenía muchas cosas que contar. Lo primero es que ahora Nazia vive con nosotros. Es como si los Reyes me hubieran traído una hermana, pero mejor, porque no es una hermanita pequeña de esas que llegan unos años después y lloran toda la noche porque tienen caca y hambre y son bebés. Nazia tiene nueve años como yo y es mi amiga, y cuando la semana pasada estuvimos cenando en la pizzería, el tío Enrique, que es el hermano de papá, dijo que eso no pasa nunca, que es como que te toque la lotería, porque «hermanos que de mayores se hacen amigos, puede ser, pero amigos que se hacen hermanos, eso sí que no. Nunca».

—Terminaremos diez minutos antes de que suene el timbre para que alguno salga a leer la redacción al pizarrón —dijo la seño. Luego se acercó a su mesa, que está encima de la tarima de madera porque así es más importante—. Y les pondré nota, así que ojito.

Enseguida tomé el cuaderno y me puse a escribir. Tenía que acordarme de tantas cosas que seguro me olvidaba alguna y luego ya no podría corregir. Es que si es con bolígrafo, la señorita Sonia no nos deja tachar, pero si es un dictado, sí. Y terminé casi primero porque cuando puse «FIN» las únicas que ya no escribían eran Nazia y la niña nueva que no decía nada porque como era nueva se sentaba en primera fila y, claro, no conocía a nadie. Es que a lo mejor era tímida.

Mientras esperaba que los demás terminaran me quedé un poco dormido. A última hora me da el sol por la espalda, y como me siento al lado del radiador, se está muy calentito y me da sueño, pero cuando ya había bajado la cabeza para que no se me notara, la señorita Sonia se levantó de la silla.

—Muy bien, niños. —Tomó la lista de la clase con los nombres donde pone las notas y dijo—: Guille, ¿puedes pasar al frente y leernos tu redacción?

Y bueno. Es que cuando la seño dice «puedes» es siempre que sí, porque si es que no, tienes que pasar igual.

Y fui.

REDACCIÓN: Mis vacaciones de Navidad

Papá dice que cuando menos te lo esperas pasan cosas, unas buenas y otras así así, y que lo mejor es tomarlas como vienen. Y también dice: «Al mal tiempo, buena cara», que es como decir «llueve, pero qué se le va a hacer» aunque en persona mayor. El día de Navidad comimos juntos papá, Nazia y yo, y cuando llegó la hora del turrón él se puso muy serio y quiso decir algo importante, pero enseguida se le quedó la voz ronca, se levantó muy rápido y se metió en la cocina. Volvió al rato con los ojos rojos y el pelo un poco mojado. Luego encendió la tele y ya no volvió a hablar. Yo creo que se pone así, como raro pero en triste, por todo lo que pasó con mamá antes de las vacaciones, y me parece que todavía no está curado, aunque a lo mejor sí. Ojalá.

Lo que pasó el trimestre pasado es que yo iba todos los jueves a la casita que está al lado de la verja del cole a ver a María, que es la orientadora de la escuela y se parece mucho a Mary Poppins pero sin cantar y sin zapatones duros, y que hace una cosa que se llama terapia para curar porque es maga. María me hacía dibujar y me preguntaba cosas sobre papá y mamá y sobre mi casa, como de detectives de la serie norteamericana de los muertos de Miami que dan por la tele. Y bueno, yo no sé cómo lo hizo, pero al final ya no me hago pipí en la cama y a papá no le importa que no quiera jugar al rugby y hasta me ha anotado en la academia de la plaza donde son todas niñas para que aprenda a bailar como Billy Elliot pero en español. Yo sé que María es Mary Poppins aunque ella no lo diga. Pero es que Mary Poppins nunca lo dice, si no ya no sería Mary Poppins y no podría hacer conjuros, por eso no dice nada. Lo mejor de todo es que papá ya no llora de noche cuando cree que no lo veo y a veces hasta se ríe un poco y dice que va a empezar a buscar trabajo para no estar tan triste. Es que hace un año mamá desapareció en el mar cuando el avión donde trabajaba se cayó al agua porque era azafata y ahora vive con los sirenos y por eso no puede mandarme cartas ni mails.

Extraño mucho a mamá. Hasta el infinito y el inframundo, que es todo el tiempo.

Pero papá más, más que nadie que yo conozca, porque estaban casados aunque no llevaran anillos.

Antes de Navidad pasaron también otras cosas importantes: Nazia, que es mi amiga y se sienta a mi lado en clase, estuvo a punto de irse a su país con sus padres y su hermano Rafiq. Creo que iban a hacer algo muy malo, más o menos como de espías y ladrones o algo, pero no sé lo que es porque no me lo han contado. Su país se llama Pakistán y Nazia dice que es muy grande porque allí son muchos y si no no caben. Al final, cuando ya se marchaban al aeropuerto, la policía llegó al supermercado donde vivían, que está debajo de mi casa, y se los llevó en dos coches con sirena y todo y los metió en la cárcel para que vayan a ver al juez. Por eso ahora están encerrados en unas mazmorras y a lo mejor ya no salen nunca porque tienen que irse a Alcatraz y bueno. Pero Nazia no. Ella tiene que esperarlos fuera, por eso ahora vive con papá y conmigo. Papá me contó que será por un tiempo, o sea que ahora Nazia es casi como mi hermana, pero no para siempre, solo hasta que el juez se ponga la peluca blanca de tirabuzones y dé un golpe con el mazo y diga «ooorden en la sala». Papá me ha dicho que Nazia está en una cosa que se llama «acogida», que es como decir que con nosotros no le puede pasar nada, porque si estás acogido no pasas frío ni hambre y ya está.

Resulta que hemos pasado las vacaciones los tres juntos en casa y a veces es raro, porque antes estaba mamá y era distinto. Es que Nazia es una niña y no está casada con papá, y duerme en el estudio de la computadora, que ahora es su habitación, y como cuando vino no llevaba valija ni nada, porque se la habían quedado en el cuartel, tuvimos que ir con María a comprarle ropa y zapatos y un cepillo de dientes y más cosas que ahora no me acuerdo.

Y me parece que ya está. Bueno, no: el primer día que Nazia durmió en casa, cuando íbamos a acostarnos, me pidió que la peinara, aunque también dijo que no sabía si se podía, porque eso antes lo hacía su madre, pero como su madre no estaba y con papá le daba vergüenza, a lo mejor no pasaba nada si la peinaba yo. Entonces se quitó el pañuelo y tenía una melena negra tan larga que le llegaba hasta los pantalones, como la niña hechicera prisionera del cuento de la madrastra que la encierra en la torre para que no se case nunca, pero más oscuro y sin bosque. Y como tenía tanto pelo, al final tuvo que subirse a un taburete un rato porque yo no llegaba a la parte de abajo. Y luego dijo: «¿A lo mejor también me puedes hacer una trenza o dos? Es que si no, no puedo dormir».

Ahora sí que ya está. FIN

—Muy bien, Guille —dijo la seño y sonrió así, sin mostrar los dientes ni nada porque a lo mejor tiene una caries y por eso lleva hierros como de caballo—. Déjala aquí, encima de la mesa. —Luego volvió a tomar la lista de las notas y dijo muy bajito «hum, hum» y entonces miró un rato largo como si se le hubiera perdido algo y lo buscara por el aula hasta que al final cerró los ojos—. Nazia —dijo—. ¿Puedes leernos la tuya?

Nazia se levantó muy despacio, llegó al pizarrón, abrió el cuaderno y entonces bajó la cabeza. Cuando parecía que iba a empezar a leer, cerró el cuaderno y me miró así, como cuando quiere decir algo pero también no quiere decirlo porque igual es un secreto y entonces mejor que no.

La seño, que estaba sentada en su mesa grande puso las cejas muy juntas y también hizo «cht, cht» con la lengua, como si tuviera un trozo de jamón metido en el agujero de la muela pequeña.

—¿Nazia, pasa algo? —preguntó, volviendo a separar las cejas.

Nazia la miró despacito. Luego también miró al suelo y dijo:

—Es que... no puedo.

La seño puso una ceja así, para arriba, y luego la otra.

—¿No puedes?

Nazia dijo que no con la cabeza, pero como la seño a lo mejor no la había visto bien, también lo dijo en voz alta.

—No.

—¿Por qué?

Elena Ros se tapó la boca con las manos y se rio un poco, pero no mucho porque en ese momento sonó el timbre y entonces los gemelos Rosón se levantaron de golpe, arrastrando las sillas y apretándole los dedos contra el borde de la mesa a Anita Márquez, que soltó un grito y también el estuche de Hello Kitty, y la seño enseguida levantó la mano muy arriba y también el dedo, y dijo muy seria:

—Niños, que nadie se vaya sin dejarme el cuaderno, por favor. —Luego miró a Nazia—: Puedes dejarla aquí, Nazia.

Y ya está.

SONIA

TODO EMPEZÓ CON UNA TAZA DE TÉ.

María y yo estábamos sentadas en la cocina de la casita del jardín. Aunque al principio ella iba a quedarse con nosotros hasta Navidad, al final Geles, la orientadora titular, había alargado su baja por maternidad y María había prorrogado su sustitución hasta final de curso. La casita del jardín es una construcción cuadrada y pequeña con un techo a dos aguas, una chimenea y una fuente con una veleta de hierro. En ella vivían antiguamente los cuidadores de la finca, pero cuando el edificio principal se convirtió en escuela, la casita se acondicionó para uso de la orientadora. La estancia principal es un despacho, y tiene una pequeña cocina y otra habitación con una mesa grande y un piano de pared que durante un tiempo fue sala de música y que ahora apenas se usa.

Llovía desde mediodía. Hacía un buen rato que habían terminado las clases y no quedaban niños en el colegio. María había preparado un par de tazas de té y teníamos un paquete de galletas abierto encima de la mesa. Ya casi había oscurecido. María y yo no habíamos vuelto a vernos desde el día que, junto con la asistente social y la funcionaria de la fiscalía de menores, habíamos dejado a Nazia instalada en casa de Guille y de su padre y llevábamos ya un rato poniéndonos al día de nuestras cosas. Cuando me preguntó si había podido descansar durante las vacaciones de Navidad, de pronto, no sé por qué, me vino a la cabeza el episodio de Nazia en clase con la lectura de su redacción y se lo comenté. Ella volvió a llenar las dos tazas con el resto del té y me ofreció una galleta.

—Bueno —dijo, empezando a revolver su té—. Con todo lo que ha pasado estas últimas semanas y teniendo en cuenta su situación familiar, es normal que tenga reacciones así... De hecho, no será la primera y tampoco la última.

En ese momento, una violenta ráfaga de lluvia cubrió de agua los cristales, sobresaltándonos. La conversación quedó suspendida en el aire.

María miró a la ventana y frunció el ceño.

—Yo no le daría más importancia, la verdad —concluyó, volviendo a concentrarse en su taza.

Me di cuenta de que no me había entendido. O quizá yo no había sabido explicarme.

—Lo que me llama la atención —volví a empezar— no es que no pudiera leer la redacción en voz alta. No es eso —dije—. Lo que me preocupa es el porqué.

Levantó la mirada.

—¿El porqué?

Asintió

—Nazia no pudo leer su redacción porque no había escrito nada.

María no se inmutó. Tomó un par de sorbos de té y rompió una galleta por la mitad. Fuera, el viento había amainado y la lluvia caía vertical, respetando los cristales.

—Lo que me entregó no fue una redacción, sino un dibujo —terminé.

—Ajá —dijo María, arqueando levemente las cejas—. Eso me tranquiliza. Por lo menos ha querido compartir sus vacaciones de alguna manera. Es una buena señal. —Seguimos en silencio unos segundos, disfrutando del repiqueteo de la lluvia sobre el techo y del calor que inundaba la cocina, hasta que giró para mirarme—. ¿No crees?

Estuve a punto de responderle que sí, que claro que era una buena señal, pero algo me lo impidió. Desde que horas antes había abierto el cuaderno de Nazia y me había encontrado con su dibujo, sentía que algo no encajaba. No sabía exactamente qué, pero la tarde —la mía— había quedado dividida entre el antes de haber visto el dibujo y el después. Yo misma me notaba distinta: sentía en la boca un regusto amargo que no terminaba de desaparecer, o como si respirara distinto, con los pulmones un poco encogidos. De hecho, cuando ya salía de la escuela, había vuelto al seminario a buscar el cuaderno de Nazia para llevármela a casa y examinarla con calma durante el fin de semana.

Entendí en ese momento que quizá uno de los motivos que me habían llevado al despacho de María era precisamente esa inquietud. Necesitaba su opinión.

—Sonia —dijo, inclinándose un poco sobre mí—. ¿Pasa algo?

Estuve tentada de contárselo así, tal como había ocurrido, pero sabía que con ella las explicaciones muchas veces sobran y pensé que lo mejor era que lo viera y juzgara por sí misma. Saqué el cuaderno de Nazia de la bolsa de lona que había dejado colgada del respaldo de la silla y se la di.

—A ver qué te parece —dije.

María tomó el cuaderno, lo puso encima de la mesa y lo abrió.

Mientras ella estudiaba la página en silencio, me incliné yo también sobre el cuaderno abierto, y cuando volví a ver el dibujo de Nazia me recorrió el mismo escalofrío que había sentido la primera vez. Lo que Nazia había dibujado era una especie de cuadro con un fondo azulado y una letra enorme en cada esquina. En el centro, desde el corazón de una espiral gris, emergía lo que parecía un candelabro coronado por una llama amarilla.

—Qué extraño —dijo María después de observar con atención la imagen—. Es como uno de esos jeroglíficos que vienen en algunos periódicos, ¿no? —Se volvió hacia mí—. ¿Estás segura de que lo ha hecho ella?

Asentí.

—Curioso —concluyó, bajando la vista—. Sobre todo porque la composición no parece propia de una niña. Y el conjunto es demasiado... cómo decirlo... ¿complejo?

No respondí, aunque tampoco fue necesario. María no se estaba dirigiendo a mí, sino que pensaba en voz alta, hablando consigo misma. Después de un pequeño silencio volvió a preguntar.

—¿Has hablado con ella?

—Sí.

—Y ¿qué te ha dicho?

—Nada.

Levantó la mirada, despegándola a regañadientes de la página durante un instante.

—¿Nada?

—Ni una palabra.

Me miró en silencio, esperando que me explicara un poco más. Como buena psicóloga, María rara vez se da por satisfecha con una respuesta. Te mira como si lo que dices fuera más importante de lo que imaginas, o como si viera en tus silencios señales que nadie más ve. Supongo que por eso es tan buena en lo que hace. Ya lo había demostrado el trimestre anterior con Guille y con su padre, cuando a partir de una pista insignificante que yo le había dado en su momento, había conseguido resolver un conflicto de dimensiones a priori inimaginables.

Durante un par de minutos no dijimos nada. Ella siguió mirando el dibujo hasta que me atreví a interrumpirla:

—Esta tarde, antes de la última hora, he vuelto a insistir, pero ha sido inútil —fue todo lo que pude decir—. En cuanto he sacado el tema, Nazia se ha puesto muy nerviosa y me ha dicho que lo sentía mucho, pero que no había entendido bien lo que tenía que escribir, y que como le daba vergüenza preguntar, se había puesto a dibujar para que yo no me diera cuenta y la retara.

María asintió.

—Claro —dijo—. En fin, seguramente no tenía ganas de hablar de las vacaciones y no sabía cómo decírtelo. No la culpo. No debe de resultarle nada fácil.

Tenía razón. En un mes escaso, Nazia había pasado de vivir tranquilamente en el supermercado con su familia a ver cómo la policía los detenía a todos cuando estaban a punto de viajar a Pakistán para casarla con un primo de la familia, y de allí a vivir acogida temporalmente en casa de Guille. Demasiadas cosas en muy poco tiempo. Demasiado bien estaba reaccionando.

Pero el dibujo...

—Voy a fotocopiarlo —dijo María—. Me gustaría guardar una copia en mi archivo. —Se levantó y se acercó a la fotocopiadora. Mientras manipulaba la máquina, parecía haber retomado sus cavilaciones—. Si quieres, mándame a Nazia para que hable con ella —dijo, acercándose y devolviéndome el cuaderno—. Veré si puedo sacar algo en limpio, pero yo no me preocuparía demasiado. Tal vez sea un dibujo que ha copiado de algún sitio, o quizá no tenga mayor importancia.

Asentí.

—Me quedaría más tranquila, gracias —respondí.

Sonrió y puso su mano sobre la mía.

—Desde luego, ojalá todas las maestras se preocuparan por sus niños como lo haces tú —dijo, dándome unas palmaditas en los dedos.

—La gran mayoría lo hace, aunque a veces no se note —fue mi respuesta.

Me miró con una chispa de brillo en los ojos. Entendí que era de complicidad. Se la agradecí.

—Ya lo sé —dijo—. Y los niños también lo saben. —Volvió a sonreír—. No hay nadie que valore más su trabajo que nosotras, créeme.

Yo también sonreí y disimulé un pequeño fogonazo de emoción. A veces basta con una pequeña palmadita en la espalda para que lo que hacemos, por invisible que pueda parecer, se convierta en algo grande. Eso lo sabemos bien las maestras y quienes hacemos lo que hacemos desde una vocación que no siempre se entiende porque no se ve.

María me apretó la mano con mucha suavidad y, a continuación, se levantó.

—Como no hay apuro —dijo, poniendo fin a la conversación—, si te parece, la semana que viene nos sentamos y le busco un día en mi agenda.

No me moví. Ella dio unos pasos hacia la puerta, pero al ver que no la seguía, se detuvo.

—¿Hay algo más? —dijo.

Dudé. María inclinó la cabeza, atenta.

—Quizá sea una bobada —empecé, tomando el cuaderno—, pero a lo mejor a ti te sugiere algo. O te sirve. No sé.

Se acercó despacio hacia la mesa y dejó el bolso en la silla.

—¿Qué pasa?

Volví a darle el cuaderno.

—En la última página —dije—. Hay algo más.

Se sentó, abrió el cuaderno y hojeó rápidamente las páginas hasta llegar a la última.

En cuanto vi cómo los dedos con los que sujetaba la página se crispaban ligeramente sobre el papel, supe que no me había equivocado. Allí había algo y María lo había visto. Pasaron unos segundos. Lo que ella contemplaba en ese momento era una pequeña frase pulcramente escrita y doblemente tachada.

Las siete palabras apenas ocupaban la mitad superior del papel.

Es que ~~vacaciones~~ tiempo yo no tengo

Lo que siguió fue un largo instante de silencio, interrumpido solamente por el tictac del reloj de pared que llegaba desde el vestíbulo y el repiqueteo de las gotas de lluvia contra la ventana. María se masajeó el cuello antes de levantar la cabeza.

Luego habló:

—¿Esto es del mismo día que el dibujo de la primera página? —preguntó.

—Sí.

—¿Estás segura?

Asentí.

—Del todo. Los niños estrenaban los cuadernos esa mañana. Yo misma los repartí —dije—. No puede ser de ningún otro día.

—Entiendo. —Volvió a clavar la vista en el cuaderno—. Pero ¿por qué en la última página? —preguntó por fin, mirándome.

No supe darle una respuesta. También yo me había hecho esa pregunta. María se levantó y se acercó a la fotocopiadora. Mientras colocaba el cuaderno boca abajo contra el cristal, dijo muy seria:

—Quiero ver a Nazia el martes a primera hora. Si puedo encontrar un hueco el lunes, te aviso, aunque lo dudo. Tengo reunión con unos padres a las nueve y a media mañana me toca médico. —Y agregó en un tono más dulce—: Si el martes pudieras traérmela a primera hora, sería perfecto. No sé por qué, pero el tono de voz de María no me tranquilizó.

Volví a guardar el cuaderno en la bolsa mientras ella se quedaba cavilando a mi lado, con la mirada en la ventana.

—En cualquier caso, antes de verla me gustaría hacer una llamada. Con suerte, quizá nos dé alguna pista —dijo por fin, despegando la vista de la lluvia que seguía cayendo fuera—. Quién sabe, tal vez no sea más que un simple malentendido.

Nos miramos y me sonrió, pero solo con los labios. La luz había desaparecido de sus ojos.

MANUEL ANTÚNEZ

TODO EMPEZÓ CON UNA LLAMADA.

Habíamos terminado de comer y Nazia y Guille patinaban en la cancha de básquet que está delante del restaurante. Los domingos, después del partido de rugby con los colegas, pasamos con los chicos por el quiosco a comprar el periódico y unas revistas, tomamos un aperitivo en el bar de la plaza y luego subimos al auto y nos vamos al merendero. Hay poca gente y sirven comida casera de la de toda la vida, con sus ensaladas, sus espárragos a la plancha, sus croquetas y todo eso, y en invierno es un placer. Antes de que naciera Guille, Amanda y yo cenábamos allí muchas noches en verano. Javi nos guardaba la mesa que está debajo de la parra, donde sopla airecito. Luego, cuando nació Guille, dejamos de ir durante un tiempo, pero ahora me ha dado por volver. Supongo que las buenas costumbres permanecen.

Cuando los niños llevaban un rato jugando, me sonó el celular. No me hizo falta mirar la pantalla para saber quién era. Desde que Nazia se había venido a vivir con nosotros, María, la orientadora de la escuela, llamaba todos los domingos sin falta, a eso de las tres y media. A veces también los miércoles por la noche. Estaba muy encima de la niña, cosa que era de agradecer. Me quedaba más tranquilo pudiendo contar con ella para cualquier cosa. Aunque tampoco es que Nazia diera ningún problema. Al revés; con ella en casa todo era casi más fácil. Nos habíamos organizado un poco y yo me había puesto las pilas con la limpieza, el orden y todo eso. No sé, era como si estando ella tuviéramos que ir con más cuidado, sobre todo yo, que era el que tenía que dar ejemplo. A ver qué iba a pensar la niña si veía ciertas cosas. Hasta me hacía la cama y todo. Y también había empezado a cocinar. Lo de la comida a mediodía no me preocupaba, porque los chicos se quedaban a comer en el cole, pero la cena sí. Y claro, eso quería decir que tenía que hacer las compras, porque la niña solo comía carne especial, así que había empezado a ir al mercado a comprar cosas frescas. De todas maneras, aparte de entrenar y de algún mandado, estando en paro tampoco tenía mucho que hacer. Además, el mercado me queda al lado del gimnasio, y la verdad es que poco a poco le había tomado el gustito a lo de cocinar. Encima los chicos estaban encantados, sobre todo Guille. Parecía que la niña y él hubieran vivido juntos toda la vida. Cómo sería que al poco tiempo de haber llegado Nazia a casa, una noche que salimos a cenar fuera, Emilio, el de la pizzería, me dijo una cosa que me dejó un poco sorprendido. «Es notable cómo se parecen estos dos», había comentado, guiñándoles un ojo a Guille y a Nazia mientras ponía los manteles individuales de papel. «Si uno no lo sabe, hasta parecen hermanos». Cuando lo oí me tomó por sorpresa, pero luego, camino a casa, entendí que algo de razón tenía. Estaba claro que se refería a algo en la forma de ser, porque los chicos eran la noche y el día: ella tan morena y tan menuda, con los ojos y el pelo negros y esas pestañas tan largas, y él tan pelirrojo, tan blanco y tan flacucho, con los mismos ojos verdes de Amanda. Pero a Emilio no le faltaba razón. De hecho, desde esa noche, a veces me los quedaba mirando y sí, algo había. Caminaban igual, en puntas de pie y dando pequeños saltos, casi sin apoyar los talones en el suelo; eran zurdos los dos; cuando les hablabas ladeaban la cabeza y en algunos momentos parecía que se pisaran las frases: uno la empezaba y el otro la terminaba, como si pensaran lo mismo. Y se reían igual. Bueno, cuando había más gente se reían en voz baja, como si les diera vergüenza o algo, pero cuando estaban solos en casa o salíamos por ahí los tres, se reían como si no fueran a parar nunca. Y otra cosa: cuando se reían, se miraban y entonces se reían aún más. A veces hasta yo terminaba riéndome. Ya ves, riéndome yo. Quién me lo iba a decir. Y con Guille.

Y todo gracias a María. Eso ella no lo sabe, pero yo nunca lo voy a olvidar. No sé si, como dice Guille, aquí hay gato encerrado o algo y al final va a resultar que es pariente o algo de Mary Poppins, pero no me extrañaría, porque lo que ha hecho por nosotros esa mujer no podremos agradecérselo nunca. Por eso, cuando me preguntó si podía quedarme con Nazia hasta que solucionaran el tema de su familia y eso, ni lo dudé. «Lo que haga falta. Para eso estamos», le dije.

Amanda habría hecho lo mismo. Bueno, ella ni siquiera habría esperado que se lo preguntaran. Habría tomado a la niña de la mano y no habría aceptado un «no» por respuesta. Después, volviendo a casa en el coche, habría dicho, así, muy seria, como ella se ponía: «Hay que ver en qué líos nos metes, Manu. Parece que no aprenderás nunca a decir que no». Y enseguida le habría pasado como a Guille, que cuando intenta tomarme el pelo con algo no se puede aguantar y se le escapa la risa. Y, claro, yo me habría sentido como un tonto, porque Amanda siempre se salía con la suya y yo trataba de negarme, no aprendía, y al final ella se ablandaba y empezaba a hacerme cosquillas mientras manejaba hasta que tenía que parar el auto o se las ingeniaba para volver a ponerme de buen humor con alguna de sus cosas.

Con Amanda las cosas eran siempre más fáciles, y más divertidas. Sobre todo más divertidas.

La extraño mucho. Siempre. Pero siempre siempre. Es como si la tuviera justo aquí detrás todo el tiempo pero no pudiera verla ni tocarla. Y a veces también la oigo. Y me da miedo que esto se me pase algún día, que siga así solo un tiempo y luego se apague. Creo que si me pasa eso, me volveré loco.

Pero para Guille es peor. Él la extraña todavía más, aunque disimula porque no quiere que yo la pase mal. Es un campeón. No es lo mismo extrañar a tu pareja que a tu madre. No se puede comparar. María dice que aunque ahora yo no me lo crea, a veces, con el tiempo, uno puede rehacer su vida con otra mujer. Pero lo de las madres es distinto. La que hay es la que hay y se acabó.

—¿Cómo va, Manuel?

María habló en cuanto descolgué. Nunca espera a que digas «Hola» ni nada. Arranca a hablar como si la tuvieras sentada al lado y lleváramos un buen rato charlando. De repente habla y ya está.

Antes de darme tiempo a responder, preguntó:

—¿Cómo están?

Eso me gusta. Me gusta que pregunte primero por mí y después por todos juntos. Es como si primero quisiera saber cómo llevo lo mío, o sea, en privado, y luego pregunte por lo de la niña y lo de casa.

—Todo bien —respondí—. Aquí todo bien.

—Me alegro —dijo.

Luego ya no supe qué más decir, porque la verdad es que María me corta un poco, quiero decir que me impone hablar con ella, porque es quien es y siempre parece saber lo que le vas a contestar. Supongo que eso pasa con los psicólogos y eso, que parece que estén un poco por encima de uno, pero en plan bien. No sé cómo explicarlo, pero yo me entiendo. En fin, el tema es que estuvimos un rato hablando. Me preguntó por la niña, si había algún problema y podía ayudarme en algo. También quería saber si el martes había venido a vernos Inma, la asistente social. Le dije que sí, que no se preocupara. Me comentó entonces que había conseguido que, si quería, podían mandarme a alguien para que nos cocinara durante la semana.

—Sería una hora de lunes a viernes y solo iría a cocinar —aclaró—. Les dejaría preparada la cena. Usted tendría que hacer las compras e indicarle lo que quiere que les cocine. Ya sé que no es mucho, pero para empezar no está mal. Le quitaría un poco de carga.

—Qué va —le dije—. Si cocinar me gusta. Además, así aprovecho y aprendo un poco, que me conviene. Busco por ahí recetas de YouTube y voy probando a ver qué sale. Y a los chicos les gusta meterse en la cocina y ayudarme. A veces hasta me sale bien, no crea.

Se rio, o igual me lo pareció a mí. María es un poco seria cuando habla conmigo. Bueno, conmigo y con los adultos en general. No me refiero a que sea borde, pero un poco seca sí es, como si estuviera apurada o como si siempre le molestara un poco algo, no sé si me explico. Pero con los niños no es así. Para nada, con ellos es otra historia. Se los mete en el bolsillo casi sin hablar, como si los viera por dentro o como si oyera lo que no dicen. Amanda era un poco así. En cuanto Guille ve a María, le da la mano y ya no la suelta. A Nazia también le pasa, aunque menos. Es que es más tímida. María estuvo contándome algunas cosas de papeleo y gestiones que había hecho durante la semana con los de menores y luego me dijo que el martes había citado a Nazia en el consultorio. Después de toda la situación con lo de sus padres y la policía, había decidido hacerle un buen seguimiento y quizá verla un día a la semana, como ya hacía con Guille.

—Si a usted le parece bien, claro —dijo.

—Sí, sí —respondí—. Lo que usted diga.

Luego ya no quedó mucho más que hablar. De la niña, quiero decir. Como siempre, me preguntó por mí. Quería saber si estaba contento con Eduardo, el psicólogo que me había recomendado.

—Pues no sé qué decirle, la verdad —respondí—. Cuando estás allí con él, se nota que el hombre sabe lo que se lleva entre manos, eso seguro, pero todavía se me hace muy raro lo de contarle a alguien lo de Amanda y mis cosas, y encima a un tipo al que no conozco para nada. Ya me entiende. Y además está lo otro —dije. En realidad se me escapó, pero es que yo soy así: cuando quiero pensar las cosas, ya las he largado y no hay vuelta atrás—. Ya sabe...

No dijo nada. Supongo que esperaba a que yo terminara de hablar, pero se cansó de esperar.

—¿Lo otro? —preguntó.

—Lo de pagar para que te escuchen —respondí—. Eso sigue pareciéndome un poco como de fracasado. Pero si usted dice que es bueno y que me ayudará, allí me va a tener todos los martes, no se preocupe. Aunque un poco de fracasado sí que es.

Oí una especie de suspiro, como cuando alguien saca de golpe el aire por la nariz.

—Me alegro —dijo—. Verá cómo al final me da la razón. —Enseguida cambió el tono de voz—. Por cierto, Manuel, antes de colgar quería consultarle una cosa.

—Claro.

—Es simplemente una curiosidad —empezó. Y luego—: ¿En algún momento le ha parecido notar en Nazia algún comportamiento extraño desde que vive con ustedes? ¿Alguna reacción, algo que le haya llamado la atención? —Se calló un momento, pero ni siquiera me dio tiempo a pensar—. Ya sé que no han sido precisamente unas vacaciones al uso, pero quizá haya notado algo que le haya parecido, ¿cómo decirlo..., inusual? No sé si me explico.

Se explicaba perfectamente, ya lo creo que sí. Algo raro, vamos. Eso quería decir. De repente me alarmé. Sabía por experiencia que María nunca preguntaba porque sí y se me ocurrió que a lo mejor la niña se había quejado de algo que yo había hecho, o se había sentido mal en casa y, como no se atrevía a contármelo a mí, lo había dicho en la escuela. Sentí que me ardía la cara y repasé por encima los últimos días que habíamos pasado juntos, a ver si encontraba algo, pero me costó centrarme y no hubo manera. A lo mejor, con lo bruto que soy a veces, había metido la pata sin darme cuenta. Amanda me lo decía siempre: «Es que no miras por dónde pisas, Manuel. Y a veces haces daño».

—¿Por qué lo pregunta? —fue lo único que se me ocurrió—. ¿Ha pasado algo? ¿Le ha dicho algo la niña?

—No —respondió. Algo debió de notarme en la voz, porque enseguida dijo—: No se alarme, Manuel. Es simplemente una pregunta rutinaria. Parte del seguimiento, solo eso.

Me dejó un poco más tranquilo, aunque me quedé pensando y me prometí que iría con más cuidado en casa y estaría más atento. También le dije que no sabía qué responderle porque para mí estaba siendo todo muy nuevo, así que tampoco podía fiarse mucho de lo que yo le dijera.

—Claro —dijo—. Supongo que debe de ser bastante curioso tener que hacerle de padre a una niña sin tener ninguna experiencia.

Me reí. «Curioso» no sé yo si era la palabra. Al principio, más que curioso era incómodo, porque con Guille ya lo teníamos todo por la mano y dos hombres en casa era una cosa y una niña era otra, y a los nueve años, aunque siguen siendo niñas, me parece a mí que empiezan a no serlo tanto. Los primeros días me agobiaba un poco lo del cuarto de baño y todo el rollo de la intimidad, porque no estaba acostumbrado a tener que cerrar la puerta y eso, pero la niña lo hizo muy fácil desde el minuto uno. Era muy discreta y parecía que no estuviera, tan silenciosa y tan obediente...

—Un poco raro sí es —afirmé—. Pero también tiene sus cosas buenas.

—En fin —me cortó con ese tono de voz que se nos pone cuando estamos a punto de colgar—. De todas formas, si en algún momento se acuerda de algún detalle o nota que Nazia tiene algún comportamiento extraño, llámeme, ¿de acuerdo?

—Seguro.

—Y piense en lo del servicio de cocina. Si decide que lo necesita, haré las gestiones para que le manden a alguien que lo ayude a mediodía.

Me hizo gracia lo de la cocina.

—En eso sí que no creo que vaya a necesitar ayuda —respondí—. Nazia casi no nos deja meter mano en la heladera. Y como ya le he dicho, yo me arreglo de sobra. Y en los fogones ya ni le cuento. No había visto nunca a una niña tan pequeña que cocinara tan bien. —Cuando dije eso, de repente me acordé de algo que le había oído a la niña un par de días antes mientras me ayudaba con la cena y que me había sonado un poco raro. Raro porque no lo entendí—. Ahora que me acuerdo —añadí—, Nazia hizo el otro día un comentario que me dejó un poco así.

—¿Un comentario de qué tipo?

—Bueno, igual es una tontería.

—Cuénteme.

—Estábamos los dos cocinando, bueno, más bien diría que ella me iba diciendo lo que había que hacer y yo cumplía órdenes, y cuando le dije que a lo mejor podría ir a uno de esos programas de cocina para niños que hay en la tele o estudiar para cocinera, se puso muy seria y dijo: «No podré, porque si me caso con el tío Ahmed solo podré cocinar para él porque será mi esposo y así ya estará todo como antes».

María no dijo nada durante un rato que a mí se me hizo un poco largo, tanto que pensé que a lo mejor había colgado. Pero no, allí seguía, al otro lado de la línea.

—¿Y usted qué le respondió?

—Ahora que lo pienso, me parece que a lo mejor metí la pata —confesé—, porque le dije que no se preocupara, que ahora ya no tenía que casarse con su tío ni volver a Pakistán. Que todo iba a arreglarse y que disfrutara de las vacaciones, que bien merecidas se las tenía.

Otro silencio, este un poco más corto que el anterior.

—Y ¿ella qué respondió?

—Al principio no dijo nada. Seguimos cocinando, y cuando yo ya creía que iba a quedar ahí la cosa, ella volvió a parar y se quedó pensando hasta que dijo: «Es que si no me caso, no puede ser, porque es la única manera».

María se quedó callada. Fueron solo un par de segundos.

—¿«Si no me caso, no puede ser, porque es la única manera»? —repitió—. ¿Eso es lo que dijo exactamente?

—Sí —respondí.

—Y ¿eso fue todo? —insistió.

—Sí.

—Y ¿usted no le preguntó qué es eso que «no puede ser»?

—No —respondí.

Sentí que volvía a arderme la cara. Es que con María lo de acertar no es muy fácil que digamos. Pero no, no seguí preguntándole a Nazia porque estábamos con la sartén en el fuego y tampoco podíamos distraernos mucho. Claro que en ese momento lo que dijo me había sonado raro, pero tampoco me pareció algo como para preocuparme. Yo qué sabía. Pensé que igual había metido la pata otra vez y que seguro que María debía estar un poco expectante, así que preferí no mencionar lo de la foto, porque en cuanto me acordé me pareció que seguro que me decía que era una bobada y seguro que me colgaba el cartelito de vivillo del mes. «Sí, se lo diré otro día —pensé—. La semana que viene». Eso fue lo último que hablamos. Al poco había colgado.

II

UNA FOTO SECRETA, LA OTRA CENICIENTA Y EL RETRATO DE NAZIA

GUILLE

—¿A QUE NO SABES UNA COSA? —DIJO NAZIA.

—No.

—Pues que la mamá de Cenicienta no se murió de verdad. Es que cuando Cenicienta nació, una bruja mala secuestró a su mamá porque se había perdido en el bosque y la encerró en el sótano de su casa con un hechizo y ya no la encontraron nunca más, porque el hechizo era de los negros y con velas —explicó Nazia.

A Nazia lo que más le gustaba era *La Cenicienta,* y se la sabía entera de memoria, aunque decía muchas cosas que no eran como las del cuento ni las de la película. Cuando vivía en el supermercado, tenía una colección de cuentos de muchos tamaños, unos con dibujos y otros no, y hasta un vídeo. Decía que le gustaba mucho porque, aunque Cenicienta sufría mucho, tenía un final feliz pero de verdad, con príncipe y con un palacio y más cosas, no como Mary Poppins, que al final siempre lloras porque se va y encima hay que decir todo el rato «supercalifragilisticoespialidoso» y así no se puede. Bueno, ella no lo decía porque se trababa y no le salía, por eso me parecía que le tenía rechazo.

—Pero lo mejor es el hada madrina —continuó. Como vio que yo no decía nada, porque ya sabía que si decía algo malo de Cenicienta entonces nos peleábamos, ella puso los labios así, para delante, y sacó un poco de baba—. Es que el hada madrina es mágica porque con la varita convierte cosas tristes en otras mejores y es una señora que no tiene marido ni nietos y por eso trabaja tanto —dijo—. Y no le hace falta un paraguas para volar. Solo mueve la varita y ya está.

Estábamos en el patio pequeño. Como había llovido todo el fin de semana no se podía jugar a la mancha y habíamos estado jugando al memotest con las fichas de Disney, pero enseguida nos habíamos aburrido porque Nazia siempre las acertaba todas y a mí nunca me tocaba. Entonces le dije que, si quería, podíamos jugar a los hermanos: ella sería yo y yo sería ella, y teníamos que hacer las cosas que siempre hacía el otro, como imitándolo, pero mejor.

—Bueno —dijo—, pero pierde el primero que se ría o que diga «no», «sí» y «bueno», si no, no juego. Y si nos aburrimos, te cuento lo que pasa al final, cuando ya se van todos los invitados del palacio a su casa y Cenicienta y el príncipe están a punto de irse a dormir.

Y yo dije «bueno», y nos reímos porque como había dicho «bueno» ya había perdido y ya está.

Pero enseguida llegó Simona Barbu, que se llama así porque es de Rumania, que es donde vivía Drácula hasta que le clavaron un crucifijo con ajos en la caja marrón. Simona tiene un colmillo grande y otro pequeño, porque una vez vi en la computadora de papá que como en Rumania un hombre inglés mató a Drácula, pues necesitan a un Drácula nuevo para el turismo del castillo, y entonces a los niños les estiran mucho los colmillos desde la cuna para ver si tienen otro, pero como Simona vino muy pequeña a España, solo les dio tiempo de estirarle uno. Bueno, más o menos.

Simona estuvo mirándonos un rato, y cuando le dijimos si quería jugar con nosotros, hizo así con la cabeza y dijo:

—No quiero jugar a eso porque es de frikis. —Y luego—: Además, ustedes también son frikis, como la niña nueva del pelo blanco de la primera fila que no ve y no dice nada, pero tú más —dijo, mirando a Nazia—, porque dice mi madre que tus padres están en la cárcel porque roban, y no hace falta que disimules. Además, nadie va a querer adoptarte porque ahora solo quieren niños rubios.

Luego se fue corriendo. Es que su hermana, que va a sexto, le gritó un montón de cosas en rumano desde la escalera y creo que estaba enojada, o a lo mejor no.

Nosotros seguimos jugando un rato a los hermanos, pero ya no teníamos muchas ganas y Nazia no decía nada, pero nada de nada, ni siquiera de Cenicienta. Nos sentamos sin hablar en el banco de piedra que está al lado de la fuente.

—¿Es verdad que tus padres están en la cárcel porque robaban en el súper? —le pregunté.

Es que yo nunca había visto robar a los padres de Nazia en el súper porque, claro, el súper era de ellos y me parecía muy raro. Además, papá y la señorita Sonia nos habían dicho que lo que había pasado era que los padres de Nazia tenían un problema con los pasaportes, pero no habían dicho nada de robar.

—No —dijo—. Nunca han robado nada.

—Entonces ¿por qué Simona lo ha dicho?

—No lo sé —respondió—. Bueno, a lo mejor es por Rafiq.

Rafiq era el hermano de Nazia. Tenía diecinueve o veinte años y siempre estaba gritando y mandando, y a mí me daba miedo.

—¿Qué ha hecho?

—Siempre está enojado y una vez le pegó a mi madre, y mi padre la llevó al médico.

—Entonces tus padres no tienen la culpa, ¿no?

—No. Bueno, no sé.

—Eso es que se han quedado en la cárcel para que Rafiq no esté solo, porque seguro que debe dar mucho miedo, y aunque haya hecho algo, lo quieren igual porque es su hijo. Si yo estuviera en la cárcel, también me gustaría que mi padre estuviese conmigo. Y si tú quisieras acompañarme, también.

Nazia puso los hombros así, para arriba, y se tomó la punta de una trenza y se la metió en la boca. Estaba llorando, pero sin ruido para que yo no me diera cuenta. Es que cuando veo llorar también lloro, porque se me contagia.

—Cuando tu hermano ya no tenga miedo —le dije—, tus padres saldrán con sus pasaportes nuevos para estar contigo, ya verás.

Nazia no dijo nada.

—Pero si a lo mejor prefieren quedarse con él un tiempo, nosotros podríamos adoptarte todo el tiempo, aunque no seas rubia ni rumana.

Entonces sí que me miró, se secó la nariz con la manga del abrigo y dijo:

—¿De verdad?

—Claro. Pero si te quedas todo el tiempo, entonces seremos hermanos y nos harán una transfusión.

—Bueno.

—Y ya no podremos tener secretos, porque para eso es la transfusión, para toda la vida.

—Bueno.

—¿Y a lo mejor me dejarás ver la foto?

Nazia se metió otra vez la trenza en la boca y chupó un poco la punta mientras subía los hombros, que es cuando dice que a lo mejor sí o a lo mejor no, pero no está segura. Yo solo había visto la foto una vez, el día que habíamos tenido el susto porque al llegar del cole Nazia había salido de su cuarto respirando mal y lloraba pero sin llorar de verdad, como si se ahogara, y casi llamamos al médico. Al final no hizo falta porque papá volvió a tiempo del gimnasio y todo se arregló.

—Pero si te la enseño, ¿no se lo dirás a nadie? —preguntó, un poco más bajito.

—Te lo prometo.

—Es que dice mi madre que no la puede ver nadie, solo la familia. Y que si la ven otras personas se borra porque es mágica, y entonces…

Entonces ya no dijimos nada más, porque por la esquina de los lavabos apareció la señorita Sonia y nos quedamos muy callados por si había oído algo. La seño caminaba muy despacio y llevaba de la mano a una niña de tercero que tenía una rodilla llena de sangre y tierra y que lloraba porque con tanta tierra, ya no podía comerse su sándwich.

—Ah, aquí están —dijo con la sonrisa que no enseña los dientes porque entonces se le ven los hierros que seguro que no le dejan comer y por eso está tan flaca—. Nazia, mañana, en cuanto llegues a la escuela, ven a buscarme, por favor, cielo. Iremos a ver a María a las nueve y media.

Me levanté de un salto y casi tiro sin querer el sándwich.

—¡Ualaaaaaa! —se me escapó—. ¡María quiere verte! ¡Qué genial! ¿Y yo? ¿Y yo? ¿Y yo?

La señorita Sonia puso la cabeza así, para un lado, pero no estaba enojada ni nada.

—A ti te toca los jueves, Guille —dijo con una voz un poco de mandona—. Deja un poco para los demás.

—¡Pero es que el martes es mañana y eso es antes que el jueves!

La seño miró para el cielo, pero solo con los ojos, o sea, sin mover la cabeza ni nada, y dijo:

—Guille, por favor. —Y luego—: Ya sabes que solo unos pocos pueden ir a ver a María. —Se volvió hacia Nazia, que no parecía muy contenta—. Ya te habrá comentado Guille que María solo quiere a los mejores.

Nazia me miró y abrió mucho los ojos, y ya no lloraba ni nada.

¡Entonces lo entendí! ¡Claro! ¡Por eso Simona había dicho lo de los frikis! ¡Friki quería decir que eras del equipo de María! Me noté la cara muy caliente y vi que tenía las manos manchadas de mantequilla.

—¡Friki es como se dice en rumano que María te ha llamado! —le aseguré a Nazia—. ¡Es como decir «campeón»! ¡Por eso Simona nos tiene envidia!

Nazia dijo «¡Oh!» y también se rio, tapándose la boca con las manos. Es que cuando hay algún mayor siempre se ríe así porque una vez me dijo que en su país está mal que a las niñas se les vean los dientes, o algo.

Entonces a la seño le sonó el teléfono y, como lo llevaba en la mano, hizo «cht» con la lengua y lo apagó.

—No se olviden de que mañana tienen que decirme lo que van a preparar para el Día del Libro —dijo—. Recuerden que el trabajo ganador de cada curso se expondrá en la carpa que armaremos en el patio para que lo vean los padres.

—Ya lo sabemos —dijo Nazia, y yo la miré porque yo no lo sabía y me pareció raro que ella sí—. Vamos a hacer *La Cenicienta*.

—¿*La Cenicienta*? —exclamó la seño. Y yo también dije lo mismo, pero sin voz—. Pero, niños, tiene que ser un trabajo escrito. A ver con qué me van a salir, que los conozco...

—Es verdad. Tiene que ser escrito —dije.

—Claro —dijo Nazia—. Es que la escribiremos.

La seño puso cara de que no parecía que le gustara demasiado.

—Pero, niños, *La Cenicienta* ya está escrita —dijo—. Me parece que no han entendido bien lo que les pedí.

—Es que será *La Cenicienta*, pero distinta —saltó enseguida Nazia—, porque será moderna y con el final de verdad. Como de *Yutub*. —Bueno, Nazia dice «Yutub» porque es en inglés, y en Pakistán saben más que aquí. También dice «naiki» en vez de «naik» y «críquet», que es un juego raro pero de mayores.

La seño hizo así con la cabeza, como de noseyonoseyo, pero también sonreía sin los dientes.

—Ah, bueno —dijo—. Si es así, entonces a lo mejor vale.

—Y también actuaremos un poco, porque será en teatro.

La seño estuvo a punto de decir más cosas, pero volvió a sonarle el teléfono y ya no lo apagó, es que a lo mejor era muy importante. Solo dijo:

—Bueno, niños, ahora tengo que irme. —Y también, antes de darse la vuelta hacia los lavabos—. Nazia, que no se te olvide lo de mañana con María, por favor. Pasaré a buscarte a las nueve y media por clase.

Y se fue.

Cuando la seño ya no estaba, nos quedamos callados un rato ni muy corto ni muy largo. Luego Nazia dijo que ya podíamos volver a jugar al teatro hasta que sonara el timbre, y entonces le contesté que ni al teatro ni a nada y que yo no quería hacer ningún trabajo sobre *La Cenicienta* y que por qué no me lo había dicho si siempre nos lo decimos todo.

—Tú quieres hacer lo de *La Cenicienta* porque al final te convertirás en princesa y serás la protagonista, pero a mí me tocará ser el príncipe y yo no quiero. Los príncipes siempre se casan y viven en esos palacios donde hace mucho frío, por eso siempre llevan el manto de leopardo que pesa mucho y no pueden caminar ni bailar por los techos con Mary Poppins. Se me había puesto la cara tan caliente que hasta tenía ganas de llorar, y también me salió un poco de saliva al final. Y le dije que ya no íbamos a ser hermanos, ni de acogida ni de los otros, porque yo no quería una hermana como ella. Y me parece que la llamé idiota, pero ahora no me acuerdo muy bien, aunque a lo mejor sí.

Nazia se quedó quieta mirando al suelo y se chupaba la punta de la trenza todo el rato hasta que sonó el timbre. Cuando nos levantamos para volver a clase, dijo:

—¿Quieres que te enseñe la foto?

MARÍA

EL DÍA QUE NAZIA VINO POR PRIMERA VEZ AL consultorio acompañada de Sonia por fin había salido el sol después de una semana de lluvias intensas. Por la ventana entreabierta se colaba una luz amarilla de invierno que apenas calentaba. Sonia y Nazia llegaron muy puntuales. En cuanto salí a recibirlas, Nazia se adelantó y me dio la mano. Luego giró hacia Sonia y dijo:

—Gracias, señorita. —Esbozó una sonrisa minúscula y me miró—. Guille dice que usted es Mary Poppins, pero ¿verdad que no me hará decir la palabra mágica? Es que nunca me sale.

Sonia y yo nos miramos. No es habitual que un niño o una niña sea tan formal en su forma de presentarse, y menos los que vienen a verme al consultorio. La mayoría llegan en contra de su voluntad, y muchos desconfían de mí, a veces casi tanto o más que sus padres. Ella no. Estaba tranquila y sonreía. Había curiosidad en su mirada.

Me recorrió un escalofrío y tuve un pequeño ataque de tos como los que me acompañaban desde el fin de semana. Todo había empezado el viernes por la noche con una pequeña carraspera. El sábado por la tarde a la carraspera se habían sumado pequeños momentos de frío corporal y de mareo, y el domingo y el lunes había llegado la tos cada vez más intensa, junto con un dolor generalizado y mucha debilidad. «Estás incubando una gripe —fue lo que pensé—. Paracetamol, hierbas, manta y sofá y en veinticuatro horas todo arreglado». Me equivoqué. La mañana de mi sesión con Nazia me desperté con un terrible dolor de pecho. Me había costado tanto esfuerzo levantarme que estuve a punto de llamar a la escuela para cancelar mi asistencia. Respiraba mal y de repente empezaba a sudar, aunque tenía frío. Cuando dejé de toser, Sonia me miró, preocupada.

—Esa tos suena mal —dijo.

Cuando fui a decirle que no era nada tuve otro escalofrío y tirité entera.

—¿Tienes fiebre? —insistió. Le dije que no, que no se preocupara, y ella, que no puede evitar preocuparse por todo y por todos, puso cara de madre no demasiado convencida—. No hagas tonterías. Quizá es mejor que te vayas a casa y te acuestes. Hazme caso.

Le dije que no, pero como ella es como es, tuve que prometerle que si seguía encontrándome así o peor, le haría caso.

Cuando por fin la convencí de que podía irse tranquila, Nazia nos miró a las dos, dejó que la tomara de la mano y lanzó una mirada curiosa al interior del despacho. Sonia se fue hacia la puerta y dijo:

—Cuando terminen, llámame y vendré a buscarla.

Instantes más tarde, Nazia estaba sentada delante de mí, al otro lado de mi escritorio. Repasó despacio con los ojos las estanterías, la chimenea, las alfombras, los cuadros y por último los cestos con los juguetes y los juegos que tenía junto a su silla. Finalmente me miró.

—¿Tengo que llamarla doctora María? —preguntó—. ¿O es mejor señorita?

—Puedes llamarme María —respondí—. Trátame de tú. Te será más fácil.

Se tapó la boca con las manos y se rio, bajando la mirada y negando con la cabeza.

—No, no, no... —dijo—. No está bien. —Enseguida volvió a levantar la vista y se mordió un poco el labio—. ¿Usted no tiene varita? —preguntó—. Es que Guille dice que nunca la ha visto con ella y que en vez de varita dice lo de «superchifraspioso» que aparece en la peli. Bueno, yo no lo digo muy bien porque no me lo sé, pero es como un hechizo.

Contuve una sonrisa. Enseguida reconocí en las palabras de Nazia el eco de la voz de Guille y me acordé de que tendría mi sesión con él en apenas cuarenta y ocho horas. Me pregunté si lo encontraría muy cambiado después de las vacaciones y si tendría muchas cosas que contarme, pero no pude pensar mucho más, porque justo en ese momento sentí un mareo extraño y una oleada de calor que me subía desde el pecho hasta la cabeza, empapándome entera. Volvió la tos, espesa y ronca. Nazia me miró un poco asustada, esperando mi respuesta. Que si usaba varita, quería saber.

—No, no tengo varita —respondí, pasándome un pañuelo por la cara y el cuello—. Aunque a veces, incluso sin varita, en esta habitación ocurren cosas que son casi mágicas, créeme.

Nazia abrió los ojos de par en par, se cogió una de las dos trenzas y se metió la punta en la boca.

—¿Sí? —preguntó—. ¿Sin varita ni nada?

Asentí.

—Así es.

Volvió a pasear la mirada por los cestos llenos de juguetes.

—¿Y sin príncipe?

Sonreí.

—Claro.

Me miró, pero no volvió a hablar hasta después de un buen rato.

—Pero si no hay príncipe, ni varita, entonces me parece que no es magia.

Hizo un silencio extraño mientras seguía chupándose la punta de la trenza, como si hubiera dado su parte de la conversación por terminada. Decidí que había llegado el momento de intervenir.

—A lo mejor te preguntas por qué quería verte —dije.

No habló. Simplemente negó con la cabeza.

—¿No? —insistí.

—No mucho —respondió—. Es que ayer Guille me dijo que aquí solo vienen los frikis.

—¿Los frikis?

—Sí.

—Dice que frikis es como llaman en Rumania a los elegidos cuando son muy pocos, y que como ahora soy su hermana de acogida, que es casi familia pero no, a lo mejor yo también lo soy.

Sonreí. Guille de nuevo.

—Sí, esa es un poco la idea —afirmé.

—Qué bien —dijo—. ¿Y tendré que hacer un examen? —quiso saber—. Es que a veces me salen bien, pero otras, no.

—No tendrás que hacer nada que no quieras hacer, quédate tranquila.

—¿Y escribir redacciones tampoco?

La redacción. Ahí estaba.

—¿No te gusta escribir redacciones? —Eché una mirada a las fotocopias del dibujo y de la frase tachada que Sonia me había enseñado el viernes anterior y que en ese momento tenía encima de la mesa.

—A veces —respondió. Y enseguida, como si supiera lo que iba a oír a continuación, añadió—: Pero la de las vacaciones no pude hacerla y la señorita Sonia se enojó un poco. Me parece.

—No te preocupes por eso. La señorita no está enojada, solo un poco extrañada.

Silencio.

A diferencia de los silencios de Guille, cuando Nazia callaba era como si se retirara a una especie de burbuja en la que se sentía cómoda y segura. Una parte de ella no estaba. Su silencio era natural, como si desde siempre hubiera vivido en él o como si de algún modo la habitara.

—Es que... —empezó de nuevo, cuando ya creí que no volvería a hablar—. Señorita, ¿las vacaciones qué son?

Un nuevo escalofrío me recorrió desde las manos, trepándome por los brazos hasta la cabeza. Volví a toser. Esta vez una especie de gemido acompañó la tos. «Las vacaciones qué son», preguntaba. Nazia debió de ver algo en mi mirada, porque rápidamente aclaró la pregunta.

—O sea, son cuando no hay colegio pero muchos días seguidos, ¿verdad?

—Más o menos —respondí—. Son las semanas durante las que el colegio cierra y pueden quedarse en casa para jugar y estar con la familia o con los amigos o hacer otras cosas sin tener que estudiar.

Nazia miró por la ventana como si temiera que alguien pudiera verla u oírla desde fuera.

—¿Otras cosas?

Asentí. Intenté mantenerme concentrada, pero en ese momento entendí, por el mareo que sentía, que debía de tener fiebre. Mucha.

—Leer, viajar... —dije, casi por decir. Ella se quedó pensando unos segundos.

—¿Por eso mi familia y yo íbamos a viajar a Pakistán durante la Navidad? ¿Porque eran vacaciones?

—Sí, supongo que sí.

—Entonces ¿si viajas en vacaciones es mejor porque llegas antes?

Intenté disimular un nuevo escalofrío.

—No, pero como mucha gente lo hace, hay más trenes, más aviones y las familias que viven lejos aprovechan para juntarse.

Siguió pensativa unos segundos más. Cuando se dio cuenta de que su silencio se alargaba demasiado, esbozó un amago de sonrisa.

—Es que cuando no hay cole yo estoy con mi madre en el supermercado —dijo—. Y siempre hago cosas con ella porque a mi hermano Rafiq no le gusta que esté en la calle. Y una vez íbamos a ir de vacaciones a Francia a ver a un primo de mi padre, pero al final no fuimos porque mi madre se puso enferma cuando Rafiq la empujó sin querer y ella se cayó en el pasillo de las botellas del supermercado y le dolía mucho. Mi padre y Rafiq gritaron muy alto y mi hermano se fue, y menos mal. Ahora, como tiene que esperar lo de los pasaportes y no puede hacer otra cosa, mi madre está cuidando de Rafiq. Guille dice que a lo mejor él tiene miedo porque en la cárcel está muy solo, ¿verdad?

Así que era eso: Nazia no había escrito la redacción porque para ella las vacaciones eran trabajar en el supermercado con su madre. Vacaciones eran igual a «No hay escuela». Nada más.

—Bueno. Ahora no pienses en eso. Además, mientras tanto, estás en casa de Guille y seguro que lo pasan muy bien juntos, ¿verdad? —dije—. Estás contenta con ellos, ¿verdad?

—Sí. El señor Manuel es muy bueno —afirmó. Luego miró de nuevo a la ventana y añadió, bajando la voz—: Pero...

—Pero...

—Es que... a veces cocina muy mal y se le quema la sartén todo el rato. Bueno, siempre —dijo—. A lo mejor podría decirle que yo también puedo cocinar. Ya solo le queda una sartén y antes había cinco.

Me reí. Por primera vez ella también lo hizo y me sorprendió oír en la suya una risa casi igual a la de Guille.

—Lo apuntaré para comentárselo en cuanto lo vea —le aseguré—. ¿Algo más?

Se hizo un nuevo silencio. De repente me pareció que hacía mucho calor en la habitación, como si alguien hubiera subido la calefacción diez grados. Nazia empezó a balancear los pies y a tocarse las trenzas hasta que por fin dijo:

—¿Usted sabe cuándo volverá mi madre?

—No —respondí—. Todavía no lo sé.

—¿Pero falta poco o mucho?

—Aún no puedo darte una respuesta. —Me miró con ojos desencantados—. El tema de los pasaportes es un poco complicado y lleva su tiempo —le aclaré. Ella asintió.

Lo que en realidad había ocurrido era que la policía había detenido a la familia de Nazia cuando estaban a punto de viajar con ella a Pakistán para casarla con un primo del padre y el juez había dictado para ellos prisión preventiva.

La versión que les habíamos dado a los dos niños era muy distinta: les dijimos que había habido un problema con los pasaportes de los mayores y que, al parecer, Rafiq se había metido en un lío más serio del que no podíamos hablarles todavía porque era secreto. El problema de los pasaportes, que supuestamente alguien había falsificado, tenía solución, pero los padres de Nazia debían quedarse durante un tiempo en un edificio especial —así lo llamamos— hasta que se aclarara todo. Guille y Nazia aceptaron bien la explicación que Inma, la asistente social, relató casi como si fuera el principio de una película de aventuras. Lo que a Nazia enseguida pareció preocuparle fueron los plazos. Desde el primer momento quiso saber cuándo volvería su madre. Su padre y su hermano, sin embargo, no parecían preocuparla demasiado. Intenté animarla con una media verdad.

—Estoy haciendo gestiones para intentar que puedas ir a verla y pasar un rato con ella —dije—. Aunque todavía no puedo prometerte nada.

Silencio.

—¿Te gustaría?

Miró hacia la ventana. Luego bajó la vista.

—¿Mi madre está enojada conmigo? —quiso saber. La pregunta me tomó por sorpresa.

—¿Por qué iba a estar enojada contigo?

—No sé —dijo—. Es que como ella está allí y yo no, no podemos ir a Pakistán y mi tío estará esperando en la estación, y como es muy rico seguro que está muy enojado.

Quise tomar nota de lo que acababa de decir, pero cuando empecé a escribir ella volvió a hablar.

—Además, no tengo dinero —explicó.

—¿Dinero? ¿Para qué quieres dinero?

—Para llevarle un regalo.

—No creo que eso sea necesario, Nazia —dije—. De todos modos, ahora debes olvidarte de tu viaje y de tu tío. Eso ya pasó.

Silencio.

—En cualquier caso —añadí—, si finalmente conseguimos que veas a tu madre, seguro que para ella tu visita será mejor que cualquier regalo.

Ella me miró y abrió los ojos como si acabara de oír algo horrible.

—Nonononono, eso no está bien —dijo—. Es mi madre y si no le llevo un regalo no le gustará porque no es correcto. —Negó con la cabeza varias veces e insistió—: Sin regalo no puede ser. Es falta de respeto.

—Entiendo. —La niña relajó los hombros—. Pero creo que, llegado el caso, a lo mejor lo que le gustaría sería que le llevarás algo más... personal.

—¿Personal qué es?

—Algo tuyo. Algo que hayas hecho especialmente para ella. Como, por ejemplo, un dibujo.

Torció la boca y se tomó la punta de la trenza. Lo pensó durante unos segundos, hasta que por fin dijo:

—Bueno. Pero a lo mejor no le gusta.

—Seguro que sí —la tranquilicé. Estuve tentada de dar el tema por terminado, al menos hasta que hubiera podido analizar un poco lo que había oído, pero necesitaba saber más—. ¿Qué tal un retrato? —le propuse—. Podrías dibujarte muy guapa para que ella se ponga muy contenta y se quede tranquila sabiendo que estás bien. Y yo podría buscar un marco bonito y envolverlo en papel de regalo para que se lo des cuando la veas. ¿Te parece?

Lo pensó un poco y preguntó:

—¿Lo tengo que hacer ahora?

—¿Quieres?

Dudó.

—Se me ocurre una cosa —dije—. Como ya es un poco tarde, ¿por qué no haces solo el dibujo con lápiz? Mientras esperamos noticias de ella, podrías venir a verme un día a la semana, como Guille, y lo coloreamos juntas. ¿Te parece bien?

No contestó enseguida. Se llevó la punta de la trenza a la boca y la mordisqueó antes de hablar.

—Es que solo puede verlo ella, porque es un secreto —respondió por fin.

No sé por qué, pero su respuesta no me sorprendió.

—Claro —dije—. Pero es que yo no cuento, porque como esta habitación es un poco mágica, cuando salgo de aquí y me voy a casa, todo lo que hemos hablado y visto juntas se me olvida.

Me miró, no muy convencida.

—Y sin varita, como Mary Poppins —añadí, guiñándole el ojo.

Se rio, y en ese momento supe que había ganado la batalla. También intuí que solo era eso, una pequeña batalla, y que lo que me esperaba con ella no iba a ser fácil.

—Vale —dijo por fin.

Y así lo hicimos. Saqué el cuaderno de dibujo que guardo en el escritorio junto con una caja de colores y Nazia se puso a dibujar sobre la mesa. Trabajó en silencio durante un rato mientras yo intentaba concentrarme en el informe que tenía entre manos. Había vuelto la tos y cuando respiraba notaba una especie de pitido extraño. No podía mantener la mirada fija y sentía que navegaba en fiebre. Por fin, cuando el reloj del vestíbulo dio las once, Nazia volvió a meter los lápices de colores en la caja, cerró el bloc de dibujo y lo colocó todo milimétricamente ordenado delante de mí. Desde fuera empezaron a oírse los primeros gritos. Era la hora del patio.

—Ya estoy, señorita —dijo—. ¿Puedo irme?

Por su forma de mirarme, entendí que no quería que viéramos el dibujo juntas. Estaba impaciente por salir.

—Muy bien —respondí—. Guardaré el dibujo en mi cajón hasta el próximo día. Ahora, si te parece, puedes volver a clase. Ah, y avisa por favor a la señorita Sonia que no hace falta que venga a buscarte.

—Bueno. —Se levantó, volvió a poner la silla en su sitio, rodeó el escritorio y me tendió la mano, muy formal—. Es muy amable, señorita María. Gracias.

Estreché su manita entre mis dedos y acto seguido se fue. Después oí cerrarse la puerta exterior y cómo se alejaban sus pasos por el camino de grava.

Solo entonces me levanté a cerrar la ventana. Después despejé el escritorio y acerqué el bloc a la luz de la lámpara. En cuanto lo abrí, el tictac del reloj del vestíbulo pareció desaparecer como por arte de magia. En la primera hoja del bloc no había nada. Lo primero que pensé fue que quizá Nazia fuera una de esas niñas que tienen la costumbre de dejar una página en blanco antes de empezar a escribir en sus cuadernos, pero cuando pasé la página vi que la siguiente también estaba en blanco. Me acordé entonces de la segunda imagen que Sonia había encontrado en el cuaderno de Nazia la semana anterior y la sospecha fue abriéndose paso desde lo oscuro hasta que, después de haber pasado la quinta, la sexta y la séptima página, lo entendí.

Coloqué el bloc de dibujo boca abajo, respiré hondo y lo abrí por el final.

Allí estaba.

Cuando lo vi, ni siquiera tuve fuerzas para reaccionar. Sentí que el silencio del despacho se enfriaba a mi alrededor, como si de repente alguien hubiera abierto las ventanas y el frío de enero hubiera barrido el calor, erizándome la piel. Fiebre. Debía de tener mucha fiebre, porque la imagen del dibujo bailaba ante mí, borrosa. Tuve que cerrar los ojos y un ataque de tos me sacudió entera. Asustada de verdad, decidí llamar a Sonia para decirle que necesitaba irme a casa, pero al intentarlo me tiritaron tanto las manos que casi fui incapaz de manipular la pantalla del celular para hacer la llamada.

Cuando por fin lo conseguí, ni siquiera esperé a que Sonia contestara. Activé el altavoz del teléfono, lo puse encima de la mesa y dejé que llamara mientras yo cerraba el bloc y lo guardaba en el cajón junto con las demás cosas. En cuanto oí que Sonia respondía, dije:

—Tenías razón, Sonia. —Y creo que también llegué a decir—: Me encuentro muy mal.

No hizo falta más.

—Ahora mismo voy —dijo.

Minutos más tarde, ella misma me llevaba en su coche al hospital.

GUILLE

EL PRIMER DÍA DE CLASE A LA VUELTA DE LAS vacaciones de Navidad también pasó otra cosa que se me había olvidado. Cuando todos nos habíamos sentado, la señorita Sonia entró en clase con una niña nueva de la mano y dijo:

—Aquí, tesoro, te sentarás aquí, en primera fila. Así verás mejor. —A mí me pareció un poco raro, porque la señorita nunca nos llama «tesoro» ni nada, pero bueno. Luego se puso delante del pizarrón y dijo—: Niños, atentos. Ella es Ángela. Se quedará con nosotros un tiempo, seguramente hasta final de curso. Ángela es de Mozambique, pero habla muy bien el español, aunque hay algunas cosas que todavía le cuestan un poco y seguramente podrán ayudarla a que lo aprenda del todo. ¿Alguien sabe dónde está Mozambique?

Miriam García levantó la mano.

—En Granada —dijo—. Cerca del pueblo de mi madre. Es que está en la Alpujarra y vamos en verano porque hace mucho calor pero a veces no.

Enseguida Raquel Costa se rio muy fuerte y levantó la mano.

—¡Qué dices! —dijo—. ¡Mozambique está en Venezuela de Sudamérica del Sur!

La señorita hizo «chst, chst» y dio una palmada muy fuerte.

—Silencio —dijo con la cara muy seria—. Mozambique está en África y Ángela ha venido desde allí porque el médico tiene que operarla de una cosa en el hospital para que se ponga bien. Así que no hace falta que les diga que tienen que ayudarla, y sobre todo ser muy buenos compañeros con ella, ¿estamos?

Nadie dijo nada, ni sí ni no. La niña hizo así con la mano, saludando, y sonrió, pero casi no se le vieron los dientes porque tenía los labios muy gordos, como las señoras famosas de la tele. Luego dijo «Hola» y se sentó en su sitio y ya está.

A mí me pareció que Ángela estaba muy flaca y que era muy blanca, pero blanca transparente y no rubia amarilla como Simona. Es que como la seño había dicho que había venido porque tenía que curarla el médico no dije nada porque tal vez metía la pata. También pensé que a lo mejor era así de blanca porque no era de Rumania ni sus padres querían que fuera vampira ni nada. La primera semana Ángela no salió ningún día al patio. Se quedó con la seño en clase y hacían deberes especiales o algo, pero después sí. Y una vez, en la escalera, cuando bajábamos al comedor, Simona dijo que su hermana le había dicho que Ángela era tan blanca porque era albina y que en Mozambique hablaban portugués, por eso Ángela tenía ese acento un poco raro a veces y decía todo el rato «obligada», que Simona dijo que quería decir «gracias» pero yo no me lo creí, porque si no era de Portugal para qué iba a hablar portugués. Además, Simona siempre se inventa muchas cosas. Es que no le gusta estudiar y es muy mandona porque su hermana es *yutuber* y tiene un novio con muchos tatuajes en los brazos.

—Yo creo que es muy raro que sea así de blanca porque en África todos son siempre negros, hasta los niños —dijo Nazia cuando salimos al patio después de comer—. Lo dan en los documentales.

—Sí.

Nos quedamos pensando sin decir nada un rato que no fue ni corto ni largo y entonces creo que ya lo entendí.

—A lo mejor es que es albina porque es de Albinia, que me parece que es un país que está en el Polo Norte, al lado de Rusia y de Siberia Polar. De allí vienen los osos del zoo y Papá Noel. En Albinia todos son muy blancos porque viven en iglús y tienen los labios hinchados por el frío y ven poco para cazar por debajo del agua. ¿Te imaginas que sus padres tuvieron que emigrar a Mozambique porque en Albinia no quedaba mucho hielo por culpa del calor de la tierra y se quedaron en paro? Y entonces fueron a África en un barco con muchos albinios más y naufragaron y los rescataron con flotadores rojos.

Nazia dijo que sí con la cabeza y se quitó la trenza de la boca.

—Y abrieron un supermercado —dijo.

Luego ya no hablamos más, porque esa mañana al salir de casa Nazia me había dicho que después de comer me enseñaría la foto secreta, pero como ya había pasado bastante rato, tanto que a lo mejor no daba tiempo, me daba vergüenza preguntar porque a lo mejor ella ya no quería. Entonces pensé que podía ser que se le hubiera olvidado.

—Me parece que a lo mejor se te ha olvidado enseñarme la foto —dije.

Ella se quitó la trenza de la boca y dijo:

—No.

—Ah, qué bien. Entonces ¿me la dejas ver?

—Sí, pero es un secreto. Pero como los de los mayores, que no se pueden decir aunque te claven agujas en la cabeza —dijo—. Si lo cuentas, te quedarás ciego o mucho peor; repetirás el curso y entonces ya no nos sentaremos juntos nunca más.

—Bueno.

Nazia se desabrochó el abrigo y del bolsillo de adentro sacó una bolsa roja de tela gruesa que raspaba como las de los indios siux, con flecos y todo, pero en miniatura, y con un cierre.

—Guau, ¿es nueva? —pregunté.

Ella hizo así con los hombros hasta las orejas y abrió el cierre.

—No. Es que la guardo en un sitio que no sabe nadie al lado del ascensor. Bueno, mi madre sí que lo sabe, porque si no, no es seguro.

—Ah.

Metió la mano en la bolsa y sacó la foto secreta.

—Pero no se lo dirás a nadie. ¿Me lo prometes?

—Que sí.

Y me la dio. Y bueno.

Al principio no dije nada, porque pensé que igual se había equivocado de foto y no era esa, pero como enseguida volvió a guardarse la bolsa de los siux en el abrigo me pareció que ya no había más fotos y entonces la miré bien y me acordé de que a veces, cuando los mayores te hacen un regalo y se equivocan porque se confunden, si les dices que no te gusta se ponen muy serios y te dicen: «No te preocupes, cariño. Lo cambiamos y ya está», pero no está, porque mamá me dijo una vez que lo mejor es no decir nada o dar las gracias como cuando te dan una sorpresa buena para que no se den cuenta.

—Es muy bonita —dije, pero sin mirar a Nazia, porque como ya era medio hermana mía se daba cuenta de muchas cosas, seguro que me pillaba—. Y qué bien que sea cuadrada, porque así te cabe en la bolsa de los siux y es mejor, ¿verdad?

Nazia puso las cejas juntas y estiró la mano así, para que le devolviera la foto. Entonces me pareció que si la foto era un secreto tan gordo y tan importante, eso quería decir que yo no la había visto bien y había que mirar mejor, porque los secretos cuestan un poco más, como las matemáticas pero sin dividir.

Y miré más.

En la foto había una señora pequeña con un vestido de color blanco hasta los pies lleno de cristalitos por todas partes y también un velo un poco transparente que le tapaba la cabeza y la barbilla. También tenía las manos manchadas de tinta naranja, como los tatuajes del novio de la hermana de Simona, y los ojos muy pintados y muy azules y las pestañas muy largas. Y detrás había una de esas plantas que tienen flores lilas grandes que salen en primavera y que a veces llenan toda una pared. Es que estaba en un parque, porque al fondo había unos letreros con cosas y mucha hierba.

—¿Te gusta? —dijo Nazia.

—¿Es una señora famosa?

Ella me miró raro y luego se tapó la cara con las manos y se rio, pero mucho.

—¡Nooo! —dijo, y luego se rio otra vez y a mí me dio un poco de vergüenza porque a lo mejor tenía que saber quién era, así que volví a mirarle bien la cara a la señora. Y entonces lo entendí.

—¡Eres tú!

Ella volvió a reírse.

—¡Sí!

La miré otra vez. Parecía una modelo de uno de esos anuncios de perfumes caros de Francia, tan elegante y tan guapa, o más, de Nueva York por la noche. Era como una princesa de los cuentos, pero después de haber encontrado al príncipe, antes no. La miré un poco más y me puse un poco triste, porque pensé que a lo mejor, antes de que Nazia se hubiera separado de sus padres por lo de la cárcel de Rafiq, la habían contratado para un programa de famosos como La Voz Kids o algo y la habían llamado para concursar y por eso era un secreto, y entonces ganaría y se haría famosa y tendría un guardaespaldas con tatuajes de dragones y ya no podría ser mi hermana de acogida porque estaría muy ocupada.

—¿Te han llamado de La Voz Kids o de una película de *Frozen* y es un secreto porque no ha salido todavía en las revistas de la barbería donde va papá a que le arreglen la barba para parecerse a un futbolista?

Me miró como raro y empezó a reírse a carcajadas, pero mucho. Se rio tanto que se le salió un moco. Y cuando paró dijo:

—No, tonto. —Enseguida se sentó más cerca de mí y me dijo al oído, muy bajito—. Es mi vestido de novia.

Me pareció que no la había oído bien y tenía tantas ganas de hacer pis que tuve que apretar las piernas para aguantarme.

—Pero no puede ser —dije.

—¿Por qué?

—Porque primero va el vestido de comunión y no está.

Me miró y volvió a reírse.

—En Pakistán no tenemos —dijo—. Nos casamos sin.

—Ah.

—Pero si ya te han comprado el vestido no lo entiendo, porque cuando te cases ya serás mayor y te quedará pequeño y tendrás que comprarte otro. ¿O a lo mejor te lo dejaron solo para la foto?

—No —respondió, juntando mucho las cejas—. Es mío. Y no seré mayor porque me casaré muy pronto con mi tío Ahmal, que es muy rico y tiene casi cuarenta años y una fábrica muy grande en Pakistán y entonces ya seré princesa y podrás venir a verme porque ahora eres mi hermano y si eres familia se puede.

Casi no me lo creí.

—¿De verdad? ¿Serás una princesa? Y ¿tendrás *Yutub*? Y ¿no tendremos que ir al cole?

—Sí. Bueno, *Yutub* no sé, pero una piscina con delfines creo que sí.

—¿Y muy pronto cuándo es?

De repente tenía mucho calor en la cara y también un poco de frío en las piernas, porque cuando tienes mucho pis y las aprietas para que no se te escape siempre pasa eso. Nazia contó con los dedos como cuando sumamos en clase de Matemáticas, pero sin esconder la mano debajo de la mesa, y dijo:

—En vacaciones. —Y luego—: La señorita María me ha dicho que es mejor viajar en vacaciones, porque hay más trenes y más autobuses. Es que como no trabajan, las familias pueden estar juntas.

—Pero todavía falta mucho... —dije. Se me pasó un

poco el calor de la cara, pero las ganas de hacer pis no, así que tuve que seguir apretando—. Hasta Semana Santa, y eso es en primavera.

—Sí, pero es que tiene que dar tiempo a que mi madre vuelva a casa y podamos ir juntas. La señorita María ha dicho que haga un dibujo muy bonito para ella, porque va a tardar un tiempo en volver por culpa de los pasaportes. Pero a lo mejor, si mi padre se queda con Rafiq para cuidarlo, a ella la dejan volver a casa y puede llevarme a Pakistán a tiempo para la boda.

—Ah.

—Si quieres, tú también puedes ir con nosotras.

—¿De verdad?

—Claro.

—Tendré que preguntárselo a mi padre. Es que si voy sin decírselo, llamará a los bomberos y a la tele y por la noche llorará porque como mi madre ya no está, se quedará solo y no puedo.

Nazia tomó la foto muy rápido y volvió a sacar la bolsa de los siux para guardarla. Y dijo:

—Nononono. No puedes decir nada. —Se había puesto muy rara, como cuando la señorita Sonia le había pedido que leyera la redacción y ella parecía que tuviera muchas ganas de ir al baño porque no se aguantaba. Y enseguida me tomó la mano y apretó muy fuerte y dijo—: Pero nunca nunca. Ya te he dicho que es un secreto. Y ahora somos hermanos y los hermanos se guardan los secretos mágicos porque si lo cuentas nos convertiremos en ratas o en vampiros por un hechizo y no iremos al cielo. ¿Me lo juras? Júramelo.

No supe qué decir, porque no quería irme a Pakistán sin decírselo a papá, pero también me daba mucho miedo morirme por un hechizo de magia, y tenía tanto pis que se me escapó un poco y me habría gustado mucho tener a mamá conmigo para que me dijera una cosa de esas que ella decía cuando me daba miedo morirme y me hacía reír. Entonces, a veces, me preparaba un pan con Nutella y también poníamos la película de *Mary Poppins* y cantábamos la canción de cuando bailan en los tejados con los deshollinadores. Con mamá yo nunca tenía miedo mucho rato. Con papá es distinto, porque creo que desde que mamá ya no está a veces él tiene más, sobre todo por la noche, cuando habla sin despertarse.

—Es que si se lo dices a alguien, mi mamá se morirá para siempre —dijo Nazia, que estaba metiendo la foto en la bolsa, pero no le cabía porque llevaba más cosas dentro, y claro...

Entonces sentí una cosa aquí, como una piedra pequeña dentro del cuello, y me acordé de mamá y de cuando me despedí de ella en el aeropuerto y ya no volví a verla nunca más y casi lloré, pero no pude, porque vi que Nazia tenía los ojos llenos de agua y un poco de mocos transparentes que le bajaban desde la nariz.

—Te lo prometo —dije—. Hasta el infinito y el inframundo.

Ella miró al suelo un rato pequeño, y cuando se pasó la mano por la nariz para quitarse los mocos se le volcó la bolsa roja de los siux que tenía abierta encima de la falda y se le cayó al suelo. De la bolsa asomó un platillo volador con un cable negro muy largo como una antena de espías, y la foto de Nazia quedó boca abajo en la grava. Enseguida nos agachamos. Ella recogió la bolsa con el platillo volador y el cable y yo la foto, que estaba un poco más cerca.

Cuando la agarré, vi que en la parte de atrás tenía unas palabras en color azul, como de tinta que usan los mayores, y creo que estaban en francés, porque había un nombre de señora y en la última línea decía «Marseille, France».

Y entonces, cuando iba a preguntarle si ese era el conjuro secreto o algo, oímos un ruido detrás del banco y también una voz que dijo:

—A mí me gusta más Blancanieves, porque aunque es muy blanca y tiene que trabajar mucho con los enanitos, al final el príncipe la quiere igual.

Nos dimos un susto tan grande que Nazia volvió a soltar la bolsa y cuando nos dimos vuelta vimos a Angie, la niña nueva, que estaba de pie detrás del banco. Llevaba unos lentes como de bucear, muy oscuros, y un sándwich.

Y preguntó:

—¿Me muestran la foto secreta con el vestido de novia más de cerca? Es que desde aquí no se veía bien.

III

EL REGRESO DE MARÍA, LAS DOS NAZIAS Y DEMASIADA FELICIDAD

GUILLE

EL DÍA DE SAN VALENTÍN ERA EL 14 DE FEBRERO porque lo decía en el calendario de la cocina y también era el día de los Enamorados. Es que en la radio, cuando desayunábamos, dijeron que era el día del año en el que más se enamoran las personas, aunque cuando por la tarde pasamos por la panadería a comprarnos la merienda la señora Lourdes nos dijo que para ella era el día más triste de todos, porque un día de los Enamorados a su marido lo atropelló un mensajero cuando iba repartiendo ramos de flores por las casas y cruzó sin mirar.

—Una tragedia, hijo —dijo. Y también—: Fue por culpa de esos sinvergüenzas de las bicis, que están por todas partes y ya no se puede caminar sin que te salga una y te mate. Anda con cuidado con ellas, hijo, que las carga el diablo.

Y resulta que el día de San Valentín también pasó una cosa que no fue una tragedia porque fue una alegría muy grande y es que en el recreo la señorita Sonia nos dijo que María se había puesto buena y volvería a la escuela al día siguiente. Papá ya nos había dicho que no venía al colegio porque estaba muy enferma con neumonía, que es como la pulmonía pero más importante porque es con «n» y no con «p» y la «n» va antes, por eso había estado muchos días en el hospital y él había ido a verla con la señorita Sonia, pero nosotros no.

—Como mañana es miércoles, el jueves ya podrás ir a verla a la casita, Guille —dijo la seño. Y luego me pasó la mano por la cabeza como para peinarme pero al revés y también dijo, mirando a Nazia—: María me ha dicho que tiene muchas ganas de verlos y creo que tiene un regalito para ustedes.

Nazia abrió los ojos así y aplaudió un poco, pero no pudimos decir nada porque la hermana de Sara Rivas salió llorando de los lavabos con la falda mojada por delante y por detrás que a lo mejor era pis y la seño se fue, pero antes dijo:

—Pórtense bien con María y no le den mucho trabajo, que aún no está bien del todo, ¿sí?

Por la tarde, cuando Nazia se fue a la mezquita a rezar y a coser, me acordé del regalo de María y también de que la seño había dicho que todavía estaba más o menos. Papá dijo que a lo mejor le quitaba trabajo si le contaba en una redacción lo que había hecho mientras ella no estaba, y así también le daba una sorpresa. Y si era con bolígrafo, mejor, para que viera que en un mes me había hecho muy mayor. Entonces me senté a la mesa del comedor y ya está.

REDACCIÓN DE CUANDO MARÍA HA ESTADO
ENFERMA PARA QUE NO SE CANSE MUCHO
En este mes que has estado en el hospital con las medicinas y las inyecciones hemos hecho muchas

cosas, pero ahora no me acuerdo de todas. Hoy papá está triste porque es San Valentín y claro, mamá ya no está y a él le gustaría porque estaban enamorados y ya no pueden. A mí me da mucha pena, pero no le ~~dijo~~ digo nada porque dice Nazia que los mayores no quieren que se les vea la pena porque les da vergüenza y es peor. Lo mejor de todo es que ya hemos empezado a hacer el trabajo de Cenicienta moderna para el concurso del día del Libro y es muy bueno. Es que al principio era muy difícil, porque Nazia era Cenicienta y yo el príncipe ~~azul~~, aunque a mí no me gusta porque al príncipe no le pasa nada y siempre es igual. Y nos faltaba la madrastra y las hermanas y el hada madrina y todo, pero Nazia dijo que no, que en *La Cenicienta* moderna no hace falta tanto, solo el hada madrina.

También un día, en el recreo, los mayores empezaron a meterse con Ángela porque ella quería jugar al fútbol y ellos no la dejaban. Entonces la hermana de Simona le dijo que no podía jugar porque está enferma y a lo mejor es contagiosa porque se le ven las venas y es un poco ciega y la llamó «ojos de coneja» y «niña desteñida» y le dijo que mejor que se pusiera a fregar escaleras porque no sabe ni sumar. Menos mal que estaba la señorita Sonia y el profe Juan y los castigaron a todos y creo que llamaron a sus padres. Y luego Nazia y yo fuimos a la fuente y estaba Ángela sola y le dijimos si quería jugar con nosotros al memotest y dijo «obligada» y ya está.

Ahora siempre jugamos los tres en el patio. Un día Nazia dijo que a lo mejor Ángela podía hacer el trabajo del día del Libro con nosotros, porque como era así, tan blanca y tan delgadita, se parecía mucho a un hada madrina pero en niña.

—Además, casi ~~nunca~~ no tiene que decir nada —dijo.

Y Ángela dijo que estaba muy «obligada» y la seño dijo que qué bien porque claro, nadie había querido tener a Ángela en su grupo y bueno.

Y ¿qué más ha pasado? No sé. ¡Ah, sí! ¡Papá me ha anotado en la escuela de baile como la de Billy Elliot! Y me acompañó la semana pasada y ayer ya fui yo solo porque está aquí al lado, en la plaza, mientras Nazia iba a la mezquita. Lo pasé muy bien, aunque me dio un poco de vergüenza. Es que son todas niñas y como yo no uso maillot ni calzas brillantes, tengo que ponerme los pantalones cortos de gimnasia y unas medias gruesas hasta que papá me compre unas zapatillas negras. Y la seño es muy rara y se llama Svetlana porque es de Rusia y dice «da» y tiene un bastón y un piano.

Y más cosas ~~muchas más~~: creo que en mi casa hay espíritus vivos o un fantasma como en las películas de los mayores cuando hay una casa abandonada, porque ayer, cuando fui a clase de ~~baile~~ ballet, de debajo de la portería salía una música de miedo, como de muertos. Se lo dije a papá y me dijo que eso son las chicas del primero, que siempre están de fiesta, pero es muy raro, porque el primero está encima de la portería y la música ~~biene~~ viene de debajo del suelo, pero bueno.

Y ya está.

Bueno, no. Lo último es que al final Nazia le enseñó a Ángela la foto secreta porque, claro, si va a ser el hada madrina de Cenicienta tiene que saber cómo es el vestido de la boda con el príncipe, y cuando se la mostró, Angela se la puso así, muy cerca de los lentes de buceador negros que se pone cuando sale al patio para poder verla bien, y, como ~~ahora ya~~ habla mucho castellano porque vive aquí aunque sea de Albinia, dijo:

—Qué linda. —Y también—: Pero es muy raro, porque en la foto tienes los ojos muy azules y ahora los tienes muy negros. A lo mejor te los han pintado por computadora como a las actrices de los Estados Unidos.

Y Nazia dijo que no, que era porque no veía bien, pero yo me fijé y Ángela tenía razón.

Ahora sí que ya está. ~~Vueno~~ Bueno, solo una cosa: es que la señorita Sonia dijo que tenías un regalo para cada uno y ¿verdad que no te lo olvidarás en casa, por favor?

PD: Perdón por los tachones, pero como es con bolígrafo no vale la goma.

Al día siguiente, en el recreo, dejé la redacción en el buzón que María tiene en la puerta de la casita y después volví corriendo al patio pequeño para encontrarme con Nazia y con Ángela. Cuando llegué, estaban muy raras. No decían nada y tampoco se comían el sándwich. Y entonces Ángela dijo:

—Creo que no haré el trabajo porque mi mamá Carmen me dijo anoche que el médico me curará antes de Semana Santa y ya no estaré y no se puede.

Su mamá Carmen es su segunda madre, porque la de verdad está en Mozambique. Bueno, me parece que no es su madre porque la seño dijo algo de su abuela, pero seguro que la quiere igual. Lo que pasa es que allí no tienen un hospital cerca y curarse cuesta más. Cuando se haya curado, su mamá Carmen la llevará con su abuela para que puedan estar otra vez juntas.

Entonces Nazia dijo que no podía ser, que sin hada madrina nos faltaba gente y no podríamos hacer el trabajo. Luego miró a Angela.

—A lo mejor tu madre puede decirle al médico que espere un poco.

Angela puso los hombros así, para arriba.

—Creo que no —dijo—. Es que mamá Carmen dice que es urgente.

—Y ¿qué te van a hacer?

—Me van a limpiar unas manchas que me salieron en la espalda por el sol —dijo—. Es que como mi abuela me llevaba con ella al campo de yuca y me dejaba jugando sin camiseta ni nada, se me manchó la espalda y ahora en el hospital me las van a borrar con una goma especial que es como la del lápiz pero mágica. Y también me darán unas pastillas y unos rayos X después para que no vuelvan a salir.

Nazia puso el labio de abajo así, hacia afuera, y se metió la trenza en la boca.

—A lo mejor, si mañana se lo digo a María, ella puede hacer algo —dije para que Nazia no se pusiera a llorar—. Como tiene poderes porque es de Londres aunque hable muy bien español, seguro que nos ayuda.

Nazia abrió los ojos así y ya no iba a llorar.

—¡Sí, porfa! —gritó—. Y a lo mejor también podrías pedirle que nos deje ensayar en el cuarto del fondo de la casita. El que tiene el piano. —Y luego dijo más bajito—: Es que a mí me da vergüenza.

Y ya está.

Bueno, no está, porque al día siguiente fui a ver a María y durante el recreo me hice una lista de todas las cosas que tenía que preguntarle, para no olvidarme. Cuando llegué, ella estaba en la puerta y se había leído la redacción porque la tenía en la mano. Me esperaba al lado del paragüero con los paraguas grandes de Mary Poppins, y me puse tan contento que la abracé muy fuerte por la cintura y ella me despeinó y dijo: «Qué alegría verte, Guille. ¿Cómo estás?».

Luego entramos en la habitación grande de la chimenea, y mientras jugaba con el Lego, María me preguntó algunas cosas sobre el cole, sobre papá y también un poco sobre Nazia, pero no mucho. Y después también dijo:

—¿Hay algo que te preocupa, Guille?

Yo ya sabía que iba a decir eso, porque como es Mary Poppins aunque tenga que serlo en secreto como de espías norteamericanos y no puede decirlo, siempre acierta con las cosas que nadie más sabe. Y Nazia dice que no puede ser, porque María no usa varita, pero yo creo que la varita es lo que lleva en el pelo clavado en el moño, que además es una antena pequeña para comunicarse con sus padres, que viven en el cielo.

—Sí, María —dije—. Es que pasa una cosa.

Ella puso las cejas hacia arriba por el centro y se llenó la taza mágica con el líquido que toma siempre y que saca de una botella de plata que es como una bala muy grande con tapón y que nunca se acaba porque seguro que es una pócima de dragón.

—Cuéntame —dijo.

Le conté que esa mañana Ángela nos había dicho que no podría seguir con nosotros en la obra porque le tenían que borrar con la goma mágica las manchas de la espalda en Semana Santa, y como el día del Libro era después, a lo mejor ya no estaba, y tenía que estar, porque si no nos quedábamos sin hada madrina y sin hada tampoco tendríamos el vestido para Cenicienta porque era para la boda.

—¿A lo mejor podrías borrarle tú las manchas y así no tendría que ir al hospital? Es que seguro que tú sabes, o a lo mejor si cantamos todos *Supercalifragilisticoespialidoso* en el techo de la escuela también sirve.

María me miró un poco raro, como si pensara cosas serias, y también sonrió, pero no mucho.

—No, Guille —dijo—. Eso tienen que hacerlo en el hospital. Seguro que el médico de Ángela tiene una magia especial para esas manchas, por eso la han traído desde tan lejos para tratarla aquí.

—Ah.

—Pero se me ocurre una cosa —dijo—. Si quieres, puedo pedirle a la señorita Sonia que los deje entregar el trabajo antes de irnos de vacaciones. ¿Qué te parece?

Me pareció muy bien, aunque claro, eso quería decir que teníamos que apurarnos, porque faltaba solo un mes y medio para Semana Santa. Y se lo dije. Y también le pregunté si podríamos ir a la casita a hacer el trabajo durante el recreo de después de comer, porque como Ángela vive un poco lejos con su madre española solo podemos ensayar en la escuela. María hizo así con la cabeza y primero no dijo nada. Luego tomó un poco de líquido de dragón mágico y dijo:

—Creo que podremos arreglarlo. Deja que lo consulte con dirección y cuando vengas la semana que viene ya podré decirte algo, ¿de acuerdo?

—De acuerdo.

Entonces creí que ya se había terminado la hora, pero María dijo:

—Por cierto, que bueno lo de la foto secreta de Nazia, ¿verdad?

Sentí mucho calor en la cara y también como si tuviera un poco de pis pero sin tener y me senté un poco mejor.

—¿La foto? —dije.

—Sí.

—Y ¿tú cómo lo sabes?

—Porque lo dices en la redacción —dijo, y se rio un poco.

—Ay, pero es que no puede ser porque es un secreto, pero un secreto como los importantes de los mayores. Y si Nazia se entera, me quedaré ciego o peor, porque ya no me harán la transfusión. Y a lo mejor su mamá se muere.

María volvió a tomar un poco de líquido de dragón mágico y anotó una cosa en su cuaderno. Luego se puso bien la varita en el moño y preguntó:

—¿Tan secreta es la foto?

—Mucho. Hasta el infinito.

—Bueno —dijo—. Y supongo que si es tan secreta no podrás decirme lo que es.

—No, porque está prohibido —respondí—. Es que le prometí a Nazia que no se lo diría a nadie.

—No te preocupes. Ya sabes que conmigo tu secreto está a salvo —dijo—. Además, tú no me lo has dicho. Solo me lo has escrito. No es lo mismo.

Me dio una alegría muy grande, como cuando la seño me llama al pizarrón y suena el timbre y ya no queda tiempo.

¡Claro! ¡Decirlo era una cosa y escribirlo, otra!

—Así que, como no queremos que les pase nada, a lo mejor podrías dibujarme la foto —dijo—. Eso tampoco es decir, porque es dibujar, así que no tienes de qué preocuparte.

—¿No?

—¿Tú crees que podrías?

—Claro. Eso es fácil —respondí—. Pero tiene que ser un secreto porque si no la mamá de Nazia se morirá y entonces será muy terrible.

—Por supuesto. Debe ser un secreto de los grandes, no te preocupes.

—De acuerdo.

Sacó un cuaderno muy grande del cajón y un lápiz.

—¿Quieres hacerlo ahora?

Le dije que sí y dibujé la foto secreta, aunque me quedó regular, porque dibujar no me sale muy bien, por eso prefiero colorear. Cuando sonó el reloj de la entrada ya casi había terminado, pero no dio tiempo y lo dejé así:

Después, seguro que María estaba haciendo algo importante en la computadora, como cuando papá escribe cosas en la tablet mientras dan fútbol en la tele, pero sin alentar a un equipo porque estaba muy callada. Y esperé un rato corto hasta que me vio.

—¿Ya estás? —dijo.

—Sí.

—Qué rápido. ¿Me lo muestras?

Y se lo di.

Entonces ella lo miró y se tocó la parte de atrás del cuello como si le picara pero sin rascarse y siguió mirándolo más rato y me dio un poco de cosa porque a lo mejor habíamos estado demasiado tiempo y se encontraba mal.

Hasta que al final cerró los ojos y también dijo:

—No puede ser.

SONIA

MARÍA HABÍA VUELTO DE LA COCINA CON DOS tazas de té que había dejado sobre la mesita. Esperaba apoyada contra la ventana mientras yo seguía estudiando la imagen que tenía delante de mí, sobre el escritorio. El bloc de dibujo, abierto por la última página, parecía mirarme desde la mesa como las fauces abiertas de un animal marino.

—No sé qué decir —fue lo único que se me ocurrió mientras volvía a contemplar la imagen.

Durante la ausencia de María no había habido demasiado contacto entre nosotras. Ella estaba grave y en el hospital habían insistido en que era muy importante no molestarla con nada que pudiera cansarla. El neumólogo fue muy claro: «Desconexión total. Una neumonía como la que tiene no es ninguna broma, y mal curada puede complicarse mucho, recuérdenlo». Así que desde el principio fui muy estricta con ella en ese aspecto. Pero no fue fácil mantenerla al margen. Aun así, conseguí que entendiera que si no se curaba del todo las consecuencias para los niños —«mis niños», como dice ella— serían obviamente mucho peores. Al final terminó accediendo, pero en las últimas veinticuatro horas desde que había vuelto al centro parecía empeñada en ponerse al día con todo el trabajo que se le había acumulado durante su enfermedad.

—No tendría que haberme despistado con esto —la oí murmurar a mi espalda.

Preferí no decir nada. Al llegar al despacho la había encontrado sentada a la mesa, impaciente y desencajada. Me había asustado. «Vuelve a encontrarse mal —había sido mi primera impresión—. Hay que volver al hospital». Pero no, no era eso. Delante de ella, sobre la mesa, tenía el bloc de dibujo abierto con la misma imagen que yo contemplaba en ese preciso instante.

—Nazia me dio el dibujo el mismo día que me puse enferma. De hecho, estuvo aquí, haciéndolo conmigo. Fue justo cuando empecé a encontrarme mal y te llamé para que vinieras a ayudarme. —Volvió a hablar a mis espaldas—. Supongo que debía tener tanta fiebre que durante todo este tiempo no le he prestado la atención que merecía.

En cuanto me senté a la mesa y ella me enseñó el dibujo, entendí su malestar. Nazia había vuelto a utilizar la última página del bloc, no la primera. Pero eso no era lo más llamativo. Lo que realmente me sorprendió fue el dibujo. Era una copia idéntica del que me había entregado en lugar de la redacción sobre las vacaciones, con las cuatro letras en las esquinas, la espiral roja, el candelabro y la llama encendida, aunque a este le había añadido la imagen de una mujer envuelta en un vestido con velo y estrellas, unos ojos enormes y una especie de planta o árbol que parecía querer cubrirla.

—¿Es Nazia? —fue lo primero que pregunté, intentando entender.

—Sí —respondió—. Se acercó a la mesa, la rodeó y se sentó en su silla. Parecía cansada.

—Es tan extraño... —Fue lo único que se me ocurrió decir. María me miró y tosió un poco. Por un momento me asusté. Estuve a punto de decirle que quizá fuera mejor dejar el asunto hasta que estuviera recuperada del todo, pero la determinación que vi en su mirada me silenció—. Es como si... como si quisiera esconder algo.

María paseó la mirada por la chimenea antes de hablar.

—Al contrario —dijo—. Es como si quisiera mostrarnos algo. —Le brillaron los ojos cuando la luz de la ventana los iluminó—. O mejor —añadió—, como si necesitara que supiéramos algo pero no pudiera mostrarlo.

No la entendí. Se lo dije.

—No te sigo, María.

Sacó de la carpeta que tenía a un lado las fotocopias del primer dibujo de Nazia en el que aparecía solo el jeroglífico y lo puso junto al segundo.

—Mira —dijo—. El jeroglífico es el mismo, pero aquí, en el segundo, aunque forma parte del retrato, lo ha encerrado en un círculo, aparte.

—Es verdad. —Así era, pero yo seguía intentando entender por qué estaba tan segura de que la mujer del retrato era Nazia. No se parecía a ella, aunque el dibujo era muy precario, con lo cual era difícil saberlo. Insistí—: No sé qué te hace estar tan segura de que la mujer sea Nazia, por mucho que ella diga que es su retrato...

María me miró y negó con la cabeza.

—Es que no lo dice ella.

—¿Ah, no?

No habló. Simplemente abrió el cajón del escritorio y sacó una hoja de papel del mismo tamaño que las del bloc de dibujo. Estaba doblada por la mitad. La desplegó delante de mí y esperó.

El dibujo era prácticamente igual al del retrato de Nazia. Aunque había diferencias obvias en el trazo, porque el lápiz era otro, no había duda de que las dos mujeres eran la misma persona.

—¿Qué te parece? —preguntó María, sirviéndose un poco de té.

—Que es la misma mujer, claro —dije—. Pero que Nazia la haya dibujado dos veces no nos dice mucho más, me parece a mí.

María sostuvo la taza en el aire durante un segundo.

—Es que este no lo ha dibujado Nazia —afirmó.

La miré sin comprender.

—¿Cómo?

—Lo que oyes.

La noticia me tomó tan por sorpresa que me agarré al borde de la mesa. Fue un gesto mecánico. Si Nazia no era la autora del segundo dibujo, entonces ¿quién? María no me dio tiempo a preguntar.

—Es de Guille —dijo—. Lo hizo ayer por la tarde. Aquí, durante la sesión.

—Pero...

—En la pequeña redacción que me había escrito como regalo de bienvenida antes de la sesión, Guille mencionó por error una foto de Nazia que al parecer ella necesita mantener en secreto. «La foto secreta», la llamó. El detalle me llamó la atención y pensé que quizá valía la pena indagar un poco más. Me las ingenié para convencerlo de que contar y dibujar un secreto son cosas muy distintas y de que si me dibujaba la foto no habría traición. Y esto fue lo que me entregó. —Tomó los dos dibujos y los sostuvo juntos en el aire frente a mí—. Son idénticos. Y sí, la mujer es una niña. Y es Nazia —dijo.

Estudié los retratos durante un par de segundos. Las únicas diferencias entre los dos dibujos eran un mensaje que Guille había anotado sobre el color de los ojos de Nazia y una especie de palo con rectángulos llenos de garabatos que había incluido junto al retrato. El resto era idéntico. A pesar de la tensión, casi sonreí. Guille siempre añadía un punto mágico a todo lo que tocaba. María me leyó el pensamiento.

—Parece que Guille ha decidido ponerle a Nazia unos ojos azules —dijo. Nos miramos y nos reímos a pesar de todo—. Y esa especie de palo con tres tablones que ha añadido a la derecha... quién sabe lo que es. Seguramente sea un aporte suyo.

Asentí. «Seguramente», pensé. María guardó silencio. Parecía preocupada. Pasaron los segundos, marcados por el tictac del reloj del vestíbulo, roto de vez en cuando por el grito de algún niño procedente del patio.

—Hay algo —dijo ella por fin, volviendo a clavar la vista en los dos dibujos—. No sé lo que es, pero desde que ayer vi el dibujo de Guille tengo una extraña intuición.

—¿Qué quieres decir?

—Todavía no lo sé —respondió—. Es como si Nazia... —Se calló sin llegar a completar la frase. Luego levantó la vista y miró hacia la chimenea—. Es como si... Como si hubiera dos Nazias.

No supe qué decir.

—Por un lado está la de la foto —prosiguió, señalando los dos retratos de la niña—, que es la que Nazia quiere mantener en secreto. Y por el otro, está esta otra —añadió, indicando los dos dibujos del jeroglífico—, que sí quiere que veamos.

Intenté entenderla, aunque no lo logré.

—Entonces ¿la que debería preocuparnos es la Nazia del retrato? —pregunté.

—No —respondió—. Al contrario. Algo me dice que en esto Nazia es como Guille.

—¿Como Guille en qué sentido?

—Los dos muestran para ocultar —dijo—. Son eso que yo llamo «niños iceberg».

Quise pedirle que me aclarara un poco a qué se refería. No hizo falta.

—Son niños que se presentan demasiado felices cuando la realidad que los rodea los ha dejado huérfanos. Vemos a un niño o a una niña que se comporta como si tuviera una vida estable, pero lo que esconde es un vacío inmenso. Un abismo.

No dije nada. Delante de mí María parecía pensar en voz alta, abriéndose camino en su propio laberinto, buscando respuestas.

—Los niños iceberg como Nazia o como Guille aprenden a flotar enseñando lo que no quieren que veamos y escondiendo lo que quieren que descubramos —dijo entonces—. Es como si llevaran dentro al adulto que serán mañana, o como si hubieran tenido que aprender demasiado pronto que la imaginación es a veces el único salvavidas en un mar oscuro. —Hizo una pausa y cerró los ojos—. Quieren que los veamos, pero necesitan asegurarse de que quien los ve sabrá entenderlos y no hacerles daño. Por eso nos ponen a prueba y se muestran así.

—¿Así?

—Como un laberinto.

Sentí como si una mano acabara de aplastarme el esternón contra la silla.

—O un jeroglífico —me oí decir.

—Exacto —concluyó María, mirando los dibujos—. Como un jeroglífico.

En ese momento me vino a la cabeza un detalle que en su momento me había llamado la atención y al que llevaba tiempo dándole vueltas. De repente, me pareció importante compartirlo con María.

—Desde que te fuiste al hospital, Nazia no ha mencionado a su familia ni una sola vez —le conté. María tensó la espalda y recuperó el brillo en los ojos—. De hecho, la semana pasada pedí a los niños que hicieran un árbol familiar para la clase de inglés, y Nazia rellenó el espacio de la ficha destinado a los hermanos con los nombres de Guille y de Angie. Su hermano Rafiq no apareció por ninguna parte.

María no dijo nada. Primero volvió la vista hacia la ventana durante unos segundos y después empezó a recoger los dibujos para guardarlos en la carpeta.

—Las dos casillas destinadas a los padres las dejó en blanco —terminé de contar—. Vacías. Como si no tuviera a nadie.

María dejó la carpeta sobre el escritorio y se quedó muy quieta.

—Qué curioso —dijo. Pero eso no era todo.

—Quizá esto te lo parezca aún más —proseguí—. Cuando me di cuenta de que había dejado en blanco la casilla de los padres y se lo dije, ella se disculpó como si se hubiera olvidado. Volvió a su pupitre y escribió primero «Mamá» en la casilla de la madre, pero enseguida lo tachó y escribió prácticamente encima: «Es que no sé qué poner».

María parpadeó y frunció el ceño. Guardó la carpeta en el cajón, puso los codos sobre la mesa, cerró los ojos y se llevó los índices a las sienes, masajeándolas con suavidad durante un buen rato, hasta que por fin se levantó y dijo:

—Si no te importa, creo que prepararé más té. —Cuando pasó por mi lado, me puso la mano en el hombro y añadió, bajando la voz—: Lo necesitaremos.

MANUEL ANTÚNEZ

ESTÁBAMOS EN EL CAMPO DE RUGBY. PARA VARIAR, decidimos celebrar el cumpleaños de Martín con los chicos y quedarnos a tomar allí el aperitivo. Como hacía frío, Santos, el dueño del bar, había puesto unas estufas de esas que parecen farolas, y como además tocaba el sol de mediodía, se estaba de diez en la terraza. Guille y Nazia se habían perdido por ahí, jugando a sus cosas con las hijas de Santos, y nosotros estábamos a lo nuestro cuando me sonó el celular.

Era María.

Miré la hora. Las tres y media clavadas. ¡Qué crac!

Después de tantas semanas sin saber de ella, me gustó oírla. Aunque tenía mejor voz, se la noté un poco tomada, como con carraspera. Me dijo que era normal y que tardaría un poco en recuperarse del todo, pero que no había de qué preocuparse.

—¿Alguna novedad? —preguntó. Como no estaba seguro de si preguntaba por lo mío o por todo en general, me quedé un poco trabado, pero enseguida lo arregló—. ¿Sigue yendo a terapia?

—Sí —contesté—. Ya le dije que cuando prometo algo, lo cumplo.

—¿Y mejor?

—Mejor, sí. Hasta he podido dormir varias horas seguidas un par de noches —comenté—. Y algunas veces ya ni me despierto llorando.

—Me alegro —dijo con un tono más suave—. Me alegro mucho, Manuel.

Me gustó que me lo dijera. Hasta me pareció que le había temblado un poco la voz.

—Y ¿qué tal lo demás? —preguntó entonces—. ¿Alguna novedad con los niños?

No la había, esa era la verdad. Desde que los chicos habían empezado la escuela todo funcionaba como un reloj. Nazia era una niña estupenda. Más buena no se podía ser. Ni más educada. Tanto, que a veces era ella la que nos ponía en orden a Guille y a mí, y encima sin chistar. En las semanas que llevaba con nosotros había terminado encargándose de las cenas. Al principio parecía que yo más o menos me las arreglaba en la cocina, pero al final tuve que darle la razón y dejar que se encargara ella, porque aquello no funcionaba. Así que hicimos un trato: la niña cocinaba y yo le hacía de ayudante. A cambio, ella me dictaba la lista de las compras para la semana y yo me ocupaba de bajar al mercado.

«Señor Manuel». Así me llamaba desde el primer día y así lo hacía todavía. Cuando le dije que de señor nada, que con Manuel alcanzaba, ella se rio con disimulo, como se ríen cuando hay mayores delante, y dijo: «No, no. Es falta de respeto. Usted es señor. Yo soy Nazia». Y no hubo forma de sacarla de ahí. Al final me contó que a sus padres los llamaba de usted, o sea «padre» y «madre», y que yo no iba a ser menos. Y con eso finiquitó el tema.

En fin, que la niña era para quedársela. En casa no paraba. En cuanto me descuidaba, la tenía subida en una silla lavando ropa en la pileta o quitando el polvo de las estanterías. Cualquier cosa de la casa que necesitara orden o limpieza, allí estaba ella. Y feliz de la vida, siempre con la sonrisa en la boca. Aunque un par de veces nos sentamos los tres en la cocina a organizar un poco las tareas de la casa, fue imposible convencerla de que teníamos que repartirnos el trabajo. Cuando lo propuse, ella se rio y dijo: «Usted está muy ocupado, porque los señores mayores hacen cosas, y los niños mejor no tocan la casa porque no saben. Así está bien». Y no se habló más.

Así mismo se lo conté a María. No le gustó nada lo que oyó, pero entendió que yo bastante tenía ya con lo que tenía.

—Supongo que quiere mostrarle su agradecimiento y lo hace así porque no le han enseñado a hacerlo de otro modo —dijo—. No es una situación fácil para ella.

—Mire, si quiere que le sea sincero, yo diría que la historia no va tanto por ahí —le dije. Me salió casi sin pensarlo—. Me da la sensación de que no es que se comporte de esa manera porque está aquí, sino que ya venía así de antes.

—Claro —asintió—. Seguro que lleva haciéndolo desde muy pequeña y esa rutina le da seguridad, la ayuda a sentirse más en casa.

—Puede ser —dije—. Pero, la verdad, a mí no me parece que necesite hacer ningún esfuerzo para sentirse en casa.

—¿Cómo?

—Que la niña parece que llevara aquí toda la vida —afirmé—, y, qué quiere que le diga, no sé si eso es muy normal que digamos.

Siguió un silencio que se alargó un poco demasiado.

—¿Podría explicarse mejor, Manuel? —dijo ella al fin.

Claro que podía.

—A lo que voy es que lo que no me parece normal es que todo sea tan... normal, no sé si me entiende. —Como ella no dijo nada, yo seguí a lo mío—. Es decir, no me entra en la cabeza que de un día para otro una niña tan pequeña se quede sin casa, sin familia y sin nada, con la movida de la policía y todo lo demás, y que en menos de veinticuatro horas de estar aquí parece que estuviera de vacaciones en un campamento. Esta niña está feliz, se lo digo yo. Demasiado feliz. No es que vea cosas donde no las hay, pero es que Nazia hace todo lo que hacen los niños de su edad como si estuviera en su casa de toda la vida. O sea, como si lo de Navidad y la movida de la policía con su familia no hubiera pasado. Ah, pero eso sí, de sus padres ni mu. Ni una palabra. Y claro, tampoco me atrevo a preguntar, porque si ella no dice nada será que no quiere hablar, digo yo. A ver si meto la pata.

María no respondió, y como a mí eso de que se me queden callados en el teléfono me pone un poco nervioso, se me ocurrió que a lo mejor no me había explicado del todo bien.

—Es que, veamos, —insistí—, ¿cómo puede ser que la niña esté tan feliz con todo lo que le pasó? Ni ella ni nadie.

María siguió callada y yo empecé a ponerme nervioso de verdad.

—Entre que la niña está feliz como una perdiz y ahora resulta que a Guille le ha dado la paranoia de que tenemos un fantasma en el edificio...

—¿Un fantasma? —exclamó María por fin—. ¿Guille?

Lo de Guille era muy llamativo. Hacía un par de semanas había llegado un día con la historia de que había un fantasma en la portería de su casa. Bueno, en la portería no, debajo. Según me había contado, mientras esperaba el ascensor oyó una música que salía del suelo y que era como de fantasmas. «Como si un niño cantara con una música de muertos», había dicho. Se lo conté a María tal cual.

—Qué curioso —dijo—. En la sesión del jueves no lo mencionó.

—Bah. Solo fue un día, y seguro que ya se le ha olvidado —comenté—. Guille tiene una imaginación que puede con todo.

María no dijo nada. La oí respirar al otro lado de la línea y luego toser un poco, así que supuse que tenía que ir terminando.

—Ya ve —insistí—, por aquí todo muy tranquilo. De hecho, desde lo que pasó con la foto esto ha ido como la seda. No ha pasado nada. Pero nada de nada.

—¿La foto? —María saltó como si la hubieran pellizcado—. ¿Qué foto?

Me acordé entonces de que no se lo había comentado en su día y me maldije por bocón. Intenté restarle peso, a ver si pasaba.

—No es nada importante —respondí—. Una tontería. Además, fue hace un mes, casi al principio de tener a Nazia en casa...

—¿Qué foto? —me cortó ella, como si no me hubiera oído.

Estuve a punto de contestarle con un chiste, pero por su tono de voz entendí que no estaba para bromas.

—Resulta que una mañana entré en el estudio a buscar la carpeta donde guardo los currículos porque estaba intentando conseguir trabajo en el aeropuerto y de repente casi pisé un papel que había en el suelo junto a la cama. Me agaché a recogerlo y vi que era una foto, así que supuse que se le habría caído a Nazia y la guardé en el cajón del escritorio para dársela por la tarde, pero se me pasó. Esa noche, cuando volví del gimnasio, la casa estaba alborotada. Nazia había puesto la habitación patas arriba: la cama deshecha, los libros de la estantería en el suelo, la ropa fuera de los cajones... En fin, una locura total. Parecía como si a la niña se le hubiera muerto alguien. Nunca he vuelto a verla así, tan... tan..., no sé ni cómo decirlo.

—¿Y eso simplemente por la foto?

—Ya lo creo —afirmé—. En cuanto Guille me contó lo que pasaba, abrí el cajón y le di la foto. Entonces la niña hizo algo que me dejó loco. Se puso la foto contra el pecho, y con una voz como de señora mayor me dijo: «Por favor, señor Manuel, no toque la foto nunca nunca más. ¿Me lo promete? Prométamelo».

—Guau —dijo María—. Y ¿usted qué hizo?

—Qué iba a hacer —respondí—. Se lo prometí, claro.

—¿Y después?

—Después cerró los ojos y dijo «gracias» y se quedó un rato sentada en la cama, respirando muy despacio y murmurando cosas en su idioma como si rezara, y cuando ya estuvo tranquila se levantó y empezó a recoger la ropa, los libros y todo lo demás y a ponerlo en su lugar, como si no hubiera pasado nada.

Hubo un silencio. María debía de estar en un parque o algo así, porque oí niños que gritaban hasta que volvió a hablar.

—¿Y Guille? —quiso saber—. ¿Qué hizo Guille?

—Nada. Estuvo mirando desde la puerta todo el rato —dije—. Callado.

Silencio otra vez.

—Luego bajamos a buscar unas pizzas —comenté—. Y como había partido, nos quedamos a comerlas allí.

Oí una especie de bufido al otro lado del teléfono y luego María dijo:

—Entiendo. ¿Podría describirme la foto?

—No mucho, la verdad, porque como estaba en lo mío, no me fijé —respondí—. Era una foto de la niña, vestida...

como elegante, con un vestido de esos de fiesta, con el velo y los brillos y todo. Y creo que estaba en un jardín o un parque, no me acuerdo bien.

Otro silencio, este un poco más largo.

—¿Alguna vez ha vuelto a ver esa foto, Manuel?

—No. ¿Por?

—Por nada —dijo.

Y hasta ahí llegamos. Luego comentamos un par de cosas más sobre Inma, la asistente social, y sobre la cocinera y eso fue todo. Cuando nos despedíamos, me acordé de una cosa que me había pasado con Guille esa misma mañana y se la conté.

—Por cierto, qué curioso que haya sacado el tema de la foto —dije—, porque hace un rato, en el vestuario, no sé por qué me he acordado precisamente de esta situación que tuvimos con la niña y cuando se lo he comentado a Guille me ha mirado como si estuviera loco y me ha dicho que no se acordaba de ninguna situación. Y que de foto nada. Que qué le estaba contando. Me ha dejado un poco sorprendido, la verdad, pero bueno, también es que los chicos son así: hoy les pasa esto y mañana ya no se acuerdan porque les pasan cien cosas más, así que... Bueno, igual es una tontería.

No hubo respuesta. Esperé, pero nada, hasta que por fin me aparté el teléfono de la oreja y vi que me había quedado sin batería.

IV

UNA CLASE DE BAILE, EMPIEZAN LOS ENSAYOS Y EL ESPÍRITU DEL EDIFICIO

GUILLE

—¿COLIBRÍES?

—Sí, son mis favoritos —dijo Nazia—. Es que son como Cenicienta pero en pájaro, porque casi nunca se ven pero están. Y cuando se ven, todo el mundo los quiere.

—Ah.

Ya casi estábamos en casa. A Angie siempre iba a buscarla a la escuela su madre española porque vivía un poco lejos y así era mejor, pero esa tarde la señora le había pedido a papá que Angie se quedara en casa con nosotros hasta la noche, porque ella tenía que hacer una cosa que se llama «oposiciones». Papá me contó que las oposiciones son unos exámenes muy importantes de las personas mayores, con vigilantes y todo, como de un campo de concentración, y hasta con perros para que no se copien, porque los mayores también se copian. Y Angie dijo que en Mozambique no había exámenes para mayores que ella supiera, pero que sí había señores malos que vigilaban mucho por las calles y que se llevaban a los niños albinos en un coche si se portaban mal y daban miedo.

—¿En Mozambique los colibríes se llaman igual? —le preguntó Nazia.

—No lo sé —dijo Angie—. Es que no sé cómo son.

—Pues son así, muy pequeños. Y parecen abejorros con un pico largo y muy fino como un clip del pelo para beberse el agua de las flores sin hacer ruido.

Angie se quedó pensando un momento.

—¡Ah, ya sé! —dijo un poco gritando pero menos—. ¡Un *beija-flor*!

Nos paramos a esperar en el semáforo y Nazia la miró con los ojos muy grandes.

—¿Un bixaflor?

Angie se rio un poco. Siempre se ríe, aunque tenga a su abuela tan lejos y seguro que la extraña mucho y aunque no pueda salir a la calle sin los lentes negros de policía norteamericano. Es que como es albina ve muy poco y el sol le quemaría los ojos.

—¡Bixaflor no! —dijo cuando paró. Y luego volvió a reírse otra vez un poco y lo repitió muy despacito, como la seño cuando toca inglés y dice «Repitan, niños: *mai-bro-der*»—. ¡*Bei-ja-flor*! —dijo. Entonces el semáforo se puso en verde y cruzamos. Cuando llegamos al quiosco nos contó más cosas—: En Mozambique no hay *beija-flores*. Yo nunca he visto. Bueno, solo en un cuadro bordado que tienen las monjas en el comedor de la escuela. Sor Victoria me dijo que se llaman así porque eran los pájaros que acompañaban al príncipe de la Bella Durmiente cuando salió a buscarla al bosque de espinas con su caballo, y como el príncipe tardaba tanto porque era turista y no sabía el camino, los pájaros se repartieron por el mundo y daban besos a todas las flores para ver si eran la Bella Durmiente y así la resucitaban. Y lo que pasó es que el príncipe encontró a Aurora y se puso tan feliz que se olvidó de avisar a sus amigos, y por eso los *beija-flores* todavía siguen buscando a la princesa y no paran de dar besos a todas las flores para ver si la encuentran.

Nazia la miró y puso los labios así, para abajo, y también movió la cabeza a un lado y al otro unas cuantas veces.

—Entonces a lo mejor los tuyos son distintos, porque los de aquí no dan pena.

—Ah.

Y ya está.

Luego Nazia se fue a la mezquita porque era por la tarde y yo me fui a clase de ballet con Angie. Es que dijo que nunca había visto una clase de ballet, pero yo creo que le daba vergüenza quedarse sola con papá y también un poco de miedo, pero bueno.

En la academia me cambié en la habitación de la lavadora porque solo tienen vestuarios para niñas y después tuve clase con la señorita, y cuando Angie entró y vio a todas las niñas en la barra dijo:

—Qué raro. ¿Y los niños?

—Es que no hay más.

—¿Por qué?

No supe qué decir, pero no hizo falta, porque Marisa Requena, que siempre se pone al final porque dice que le aprietan las medias y le hacen bulto, dijo:

—Porque los niños normales no bailan. Juegan. A cosas. Por eso no hay más.

Todas se rieron. Bueno, Angie no.

—Es que somos frikis —dijo, y me dio la mano y la apretó un poco pero sin hacerme daño.

Aitana y Alicia, que son mellizas, abrieron mucho la boca, y Raquel Hernando, que ya tiene once años o más, tomó mucho aire por la nariz con los ojos muy abiertos, como si hubiera visto una cucaracha grande e hizo así con la mano, como sacudiéndola.

—¿En serio? —gritó—. Pero ¿frikis de verdad? ¡Qué *cool*! ¡Mi hermana también! Tiene Instagram y un novio friki. Es famoso y *manga*, que es como chino pero con una computadora.

No pudimos hablar más, porque enseguida entró la señorita y dio dos palmadas. Luego gritó: «¡Preparados!» y Angie se sentó en una silla al fondo, al lado de la puerta, para no molestar. A mí me gusta mucho la clase, porque la seño te dice todo el rato «primera, segunda, *plié* y oooooootra vez» con una música que toca el señor del piano que siempre es la misma desde que empezamos para que así no se equivoque. Es que es muy mayor y se llama señor Olaf porque es de Siberia. Y a veces, cuando la señorita no lo ve, se saca un moco y lo deja debajo de las teclas, y una vez se comió uno.

Siempre salimos a y media, pero ese día terminamos un poco antes de la hora —bueno, un poco no, mucho—, porque se cortó la luz de la sala, y aunque esperamos un rato, no volvió. Cuando bajamos, Angie estaba un poco rara. No habló hasta que llegamos a la panadería.

—¿Y por qué vas a clase de baile y te ponen de cara a la pared para no dejarte bailar? —preguntó—. Es muy raro, ¿no?

A mí no me parecía raro. Billy Elliot también había empezado así, pero en el gimnasio de boxeo de la señorita de la película.

—Es que primero tengo que aprender —dije cuando salimos—. Porque si no, cuando sea grande no lo haré bien y no podré bailar el cisne en el teatro con mucha gente aplaudiendo.

—¿Aprender? —Me miró muy raro. Se había hecho de noche y ya no llevaba los lentes negros—. ¿A bailar?

—Claro.

Entonces sí que se rio muy fuerte, tanto que se agachó un poco porque le dolía la barriga. A mí me gustaba mucho cómo se reía Angie. Es que cuando empezaba a veces no podía parar y me contagiaba como me pasaba con mamá. A papá también le pasaba, aunque luego siempre decía que no. Cuando se enojaban, al cabo de un ratito a ella le daba la risa, y como se reía así, como Angie, papá no la miraba ni nada y quería estar más rato enojado, pero al final ya no podía más y se reía con ella y entonces ya volvían a estar como antes. Mamá se reía mucho. Decía que siempre que podía. Yo algunas veces pienso si ahora, que está debajo del mar con los sirenos, también podrá reírse como antes o no, porque si te ríes con la boca abierta debaj del agua seguro que te ahogas y te mueres más. A lo mejor, cuando sea mayor tengo su risa y así duran menos los enojos que se contagian. Pero eso no lo sabré hasta que tenga dieciocho años, porque es cuando se heredan las cosas, y dice Violeta, la chica del súper, que antes no se puede porque es robar.

Como era muy pronto, pensamos que podríamos ir a buscar a Nazia a la mezquita y volver juntos a casa, y fuimos. Cuando llegamos, como todavía no había terminado la clase de rezar y coser, nos asomamos a la ventana con reja y vimos a unas niñas con velos de colores muy ordenadas en las mesas, pero a Nazia no. Entonces Angie me subió a la reja y pregunté muy bajito a la niña que estaba sentada muy cerca de la ventana. La niña nos miró muy raro y primero no dijo nada, pero luego sí.

—Nazia no está porque ya no está nunca —dijo. Y ya no habló más hasta que vio que no nos íbamos y entonces hizo «chttt» con la boca y miró hacia arriba y también dijo—: Desde las vacaciones de Navidad ya no ha vuelto. Me parece que es por lo de sus padres. Están en la cárcel por una cosa, pero no puedo hablar. Es que está mal.

No me dio tiempo de preguntar nada más. Enseguida oímos un grito de señora mayor y muchas palabras muy rápidas que no entendimos, como de alguien muy enojado. Después la ventana se cerró de golpe y ya está.

—Qué raro. —Angie se rascó el pelo por la parte de arriba, que lleva lleno de trenzas gruesas de color como de pan tostado, y juntó mucho las cejas, bueno, las cejas no, porque no tiene, pero si tuviera las habría juntado—. A lo mejor ya no viene a esta mezquita y la han cambiado a otra —dijo.

Yo noté como una cosa que me apretaba mucho aquí, debajo de la garganta, y el corazón empezó a latirme muy fuerte, como un martillo pero en la cabeza y también en el cuello, aunque menos. No podía ser que Nazia se hubiera cambiado de mezquita y no me lo hubiera dicho. Si éramos hermanos no podíamos tener secretos porque se nos envenenaría la sangre y nos moriríamos antes de la transfusión. Entonces se me ocurrió una cosa y fue peor, porque de repente ya no me latió el cuello ni la cabeza ni nada y me mareé un poco.

—¿Te imaginas que va a rezar a otra mezquita pero es secreta porque es de espías y no puede decir nada porque si no a lo mejor secuestran a sus padres en la cárcel para pedir un rescate al ministro de la nación?

Angie me miró y se tapó la boca con la mano.

—¡Ah! —dijo—. ¡Claro! ¡Eso puede ser! En Mozambique lo hacen mucho. Bueno, pero sin rescate. Es que los albinos no podemos estar solos nunca, ni en el patio del colegio, porque a veces los hombres verdes saltan los muros y nos llevan a unas prisiones.

—¿De verdad?

Angie dijo que sí con la cabeza, pero muy despacio. De repente ya no me pareció que fuera a reírse más y em-

pezamos a andar de vuelta a casa. Cuando llegamos al semáforo, dijo:

—A mi hermano João le pasó. —Y luego, después de que
una ambulancia apagara la sirena, dijo—: Un día se lo llevaron unos hombres cuando jugábamos en el patio y nunca
más volvió. A mí no, porque me escondí con mi amiga Eva
en la cocina, detrás del freezer, y no les dio tiempo.

No dije nada. Es que no me salió. Pero Angie me dio
mucha pena y enseguida me acordé de Nazia y pensé que
a lo mejor María podría ayudarla si la secuestraban todas
las tardes para espiar. Cuando se lo dije a Angie, ella abrió
mucho los ojos, aunque se le veían muy poco, y otra vez
sonrió.

—¡Claro! ¡Seguro que la señorita María puede hacer
magia! ¡Y a lo mejor también puede venir a Mozambique
conmigo, y si viene a mi escuela puede que los hombres
con las pistolas ya no salten el muro porque Mary Poppins
hablará con ellos!

Nos pusimos muy contentos porque María seguro que
nos ayudaría y seguimos andando hasta llegar a casa.

Pero cuando abrimos la puerta de la calle y entramos
en la portería pasó una cosa tan rara que Angie y yo nos
callamos de golpe y nos quedamos muy quietos al lado de
los buzones, muy pegados a la pared. Angie me dio la mano
y la apretó muy fuerte.

Y dijo:

—Sssh. ¿Qué es eso?

Lo que oímos era como el gemido de un gato cachorro o como si alguien tocara el triángulo que la seño tocó un día en la clase de música que hace ding ding ding, pero un poco raro. Sentí un montón de escalofríos por los brazos y muchas ganas de hacer pis.

—Viene de abajo —dije—. Del suelo. —Angie no dijo nada, pero me apretó tanto la mano que casi chillé—. Es el fantasma.

Nos quedamos así, muy callados y pegados a los buzones, escuchando.

—Es música —dijo Angie muy bajito—. Es como la música de tu clase de baile pero menos. Más pequeña.

¡Sí! ¡Eso era! ¡La música de un espíritu! ¡Un fantasma que tocaba música! Casi se me salió el pis del susto y apreté muy fuerte las piernas. Seguro que era un antepasado del señor Olaf que quería comunicarse con él y estaba en el purgatorio de los muertos vivientes.

Nos quedamos un rato muy corto escuchando hasta que Angie dijo:

—Tenemos que llegar al ascensor. Si conseguimos subir, no nos atrapará.

—Sí.

—Ojalá no esté muy arriba.

—Ay, sí, por favor.

—¿A la cuenta de tres?

No me dio tiempo de decir ni sí ni no. Angie contó hasta tres y echamos a correr de la mano. Al llegar al ascensor, apretó el botón con el dedo muchas veces hasta que se puso rojo y ya no oímos más música del fantasma ni nada, solo el runrún del ascensor, que estaba en el último piso y empezó a bajar.

Cuando iba más o menos por el tercero y ya parecía que el fantasma se había ido a dormir, oímos unos pasos que se acercaban muy despacito y Angie dijo como en secreto: «Creo que baja alguien», pero no bajaba nadie y los pasos cada vez sonaban más cerca y de repente oímos como un crujido que venía de la puerta que estaba en la pared de la portería y que era la que daba al supermercado de los padres de Nazia cuando todavía no vivían en la cárcel. Me pareció muy raro, porque desde que se habían ido, la policía había puesto unas cintas blancas con pegamento para que nadie entrara ni saliera por si acaso y ya no había nadie.

Enseguida se oyó otro crujido, como de un pestillo, y el ascensor llegó al primero. Angie dijo unas cosas en portugués muy rápido y yo apreté mucho las piernas porque tenía más pis y también apreté los ojos y dije: «Padre nuestro, que Drácula se muera con los ajos, amén» para que llegara el ascensor y el fantasma no saliera.

Entonces la luz del ascensor apareció detrás del cristal pequeño y, cuando estaba a punto de llegar, la puerta grande de madera se abrió muy despacio en la pared con un ñiiiiiiiiiiic muy largo y pasaron cuatro cosas muy importantes y muy rápido, como si fueran todas a la vez pero no tanto, y por eso he hecho una lista para tenerlas por orden.

Lo que pasó fue que:

1. Abrí mucho los ojos. Pero mucho.
2. En la puerta apareció el fantasma con una esposa como de prisionero en la mano con unas llaves grandes. Bueno, dos.
3. Angie se tapó la cara y chilló como cuando vemos una película de miedo en la computadora de papá y hay tormenta para que llegue el muerto.
Y
4. Me hice pis.

Bueno, ahora que me acuerdo, también pasó otra cosa y entonces fueron cinco en total porque no pasaron más:

5. Es que el fantasma era Nazia.

MARÍA

MERCEDES NOS MIRABA DESDE EL OTRO LADO de la mesa. Es una de esas mujeres que te miran muy fijamente, como si sus ojos negros, una vez te han encontrado, ya no fueran a soltarte nunca. Ella dice que mira así porque han sido muchos años corrigiendo exámenes y escuchando a padres, madres, niños, inspectores y demás, y eso, quieras o no, queda.

«Los ojos recuerdan —dice—. Llega una edad en la que han visto demasiado demasiadas veces». A Sonia la mirada de Mercedes la incomoda. «Parece que esté siempre examinándote, buscando el punto en el que te equivocas para hacértelo saber —me confesó un día—. Tiene mirada de gato».

Recuerdo que el día que llegué a la escuela, Mercedes apareció a la hora del patio en la casita cuando todavía me estaba instalando y me invitó a tomar un café en el bar que está delante de la escuela.

—Cuenta conmigo para lo que necesites —se ofreció cuando volvíamos al colegio—. Pero nunca cuentes conmigo para nada que puedas resolver por ti misma. No lo olvides.

No supe qué decir. Más que un ofrecimiento de ayuda, aquello me sonó a amenaza. Después, prácticamente no volvimos a coincidir en lo que quedaba de trimestre. Mercedes pisa poco el despacho. Anda siempre de acá para allá, solucionando problemas. En la escuela su nombre resuena como un eco —Mercedes, Mercedes, Mercedes—, tanto en boca de los niños como en la de quienes trabajamos allí. Para los más pequeños es una especie de nave nodriza que aparece como por arte de magia cuando la necesitan: una giganta grandulona con anteojos y el pelo rizado y gris que sabe más que nadie y que siempre parece tener una solución a mano.

Estábamos en la sala de profesores. Después de terminar el claustro, Mercedes se acercó a Sonia y a mí y nos preguntó: «¿Va todo bien?». Enseguida entendí que no preguntaba porque sí. Por lo poco que la conocía, sabía que cuando pregunta, Mercedes quiere saber.

—Todo bien, sí —respondió Sonia.

Mercedes me miró y yo sonreí, pero no dije nada.

—¿Pasa algo? —insistió, sin dejar de mirarme.

Estuve a punto de decirle que no, que no se preocupara, pero no pude. Con Mercedes me ocurría —y me sigue ocurriendo— algo extraño: sabía que tarde o temprano me tocaría contarle lo que me preocupaba y mi corta experiencia en la escuela me había enseñado que lo mejor era no demorarlo demasiado. Aun así, confieso que ya entonces no congeniábamos demasiado. No sé lo que es, pero hay algo en ella que se me resiste, y creo que es mutuo.

—No lo sé —respondí. Miré a Sonia y corregí—: No lo sabemos.

Mercedes cogió una silla y se sentó. El claustro había sido largo y estábamos cansadas.

—Pues si no lo sabes, es que sí —dijo—. No falla.

Nos reímos. Tuve que darle la razón. En el instante mismo en el que una maestra o una orientadora se pregunta si a un niño le pasa algo, es que sí, que algo le pasa. Lo notamos antes que nadie, quizá porque nuestros ojos son como un radar acostumbrado a rastrear la penumbra infantil casi sin darnos cuenta. «Los niños hablan, hablan siempre. Sobre todo cuando no hablan», es algo que Mercedes repite a menudo. Cualquiera de nosotras sabe que es así.

—¿Es Guille? —volvió a preguntar.

—No —respondí—. Guille está bien.

—¿Entonces?

—Es Nazia —intervino Sonia.

Le contamos entonces lo que llevaba preocupándonos desde el principio del trimestre. Intentando ceñirnos a un orden, comentamos los progresos que habíamos observado en Nazia desde su vuelta a la escuela tras las vacaciones: el primer dibujo —«es más un jeroglífico que un dibujo, la verdad», aclaró Sonia—, y sobre todo su actitud, tan serena y tan ajena a la situación real que estaban viviendo ella y su familia.

—No ha mencionado a sus padres desde que ha vuelto al colegio, y ni siquiera parece extrañarlos —apuntó Sonia—. Y luego está esa obsesión con Cenicienta.

—¿Cenicienta? —preguntó Mercedes.

—Sí, el trabajo para el día del Libro. Nazia ha propuesto hacerlo sobre *La Cenicienta* —respondió Sonia—. Quiere presentar una especie de versión moderna del cuento. Por supuesto, ha metido también en el asunto a Guille y curiosamente también a Ángela, la niña nueva. Los tres se pasan el día Cenicienta arriba, Cenicienta abajo.

Mercedes sonrió y miró hacia la ventana. Desde el patio delantero entraba un sol radiante. La mañana era casi primaveral.

—Bueno, tampoco creo que *La Cenicienta* sea un cuento tan terrible como para que debamos preocuparnos tanto —bromeó.

Sonia arrugó la frente.

—No es eso —dijo, sin captar el tono de broma en el comentario de Mercedes—. Es que desde que llegó al centro en septiembre, Nazia nunca había mencionado a Cenicienta. Ni una sola vez. Y ahora, de repente, parece que no haya otra cosa. Así, sin más...

Mercedes asintió.

—Y a eso súmale lo de la foto secreta.

—¿La foto? ¿Qué foto? —preguntó Mercedes, mirando su reloj.

—Un retrato que Nazia guarda en secreto como si le fuera la vida en ello —intervine—. Al principio pensé que lo de la foto podía ser más una invención o un juego, pero hace un par de días Manuel Antúnez me confirmó que la foto existe.

No tardamos mucho en terminar. Fueron unos diez minutos de tiempo adicional mientras Mercedes nos escuchaba en silencio. Cuando por fin terminamos, tardó unos segundos antes de hablar.

—Entiendo —dijo. Luego volvió a dirigir la vista a la ventana, pero esta vez no sonrió—. Puede que me equivoque —empezó—, pero creo que quizá se estén alarmando sin motivo. —Guardó silencio, observando nuestra reacción, y después continuó—: En otras palabras, lo único que tienen es una foto que no han visto y que, según dicen, para Nazia es casi un tesoro; un jeroglífico que no entienden y que puede que no sea más que la copia de un dibujo cualquiera y una niña que acaba de pasar por una situación familiar terrible pero que actúa como si no hubiera ocurrido nada. —Volvió a observarnos despacio—. Eso es todo, ¿me equivoco?

No respondimos.

—En resumen: nada —añadió, volviendo a mirar su reloj.

Sonia y yo nos miramos. Aunque lo que Mercedes decía era cierto, habían pasado demasiadas cosas horribles en la vida de Nazia como para que su reacción fuera... ninguna. La intuición me decía que en algún momento debía de haber levantado una pantalla entre ella y lo que ocurría a su alrededor, y ahora esa pantalla se había convertido en una burbuja que la mantenía desconectada de sus propias emociones. Eso era lo que me preocupaba. Pero era solo mi intuición, y sabía que Mercedes no era amiga de nada que no se sustentara en información probada o, al menos, comprobable.

—¿Me permiten un consejo? —se ofreció Mercedes con una voz ligeramente tensa. Se le habían quedado restos de pintalabios en los dientes y parecía que tuviera dos dentaduras. Al verla, me vino Guille a la cabeza e imaginé lo que habría dicho de haber visto así a Mercedes. Tuve que disimular una sonrisa.

—Claro.

—Creo que están viendo un problema donde no lo hay.

Sonia arrugó el ceño.

—No te entiendo —dijo.

—Es muy sencillo: les preocupa que Nazia no exprese la angustia que siente porque, según ustedes, eso es lo que debería hacer —se explicó Mercedes—. Pero es que hay veces en las que los niños no ocultan nada porque no tienen nada que ocultar.

—No te sigo —insistió Sonia con un pequeño suspiro de impaciencia.

Mercedes se recostó contra el respaldo de la silla y cerró durante un instante los ojos.

—Lo que quiero decir es que quizá Nazia simplemente actúe como lo hace porque eso es lo que hay.

Ni Sonia ni yo dijimos nada. Mercedes no había terminado.

—¿Pensaron que a lo mejor no expresa sufrimiento porque no sufre? —preguntó, mirando de reojo hacia la puerta. Alguien la reclamaba desde el pasillo. Hizo un gesto con la mano y negó con la cabeza.

—No puede ser —dijo Sonia—. Con todo lo que lleva encima esa criatura...

—Con todo lo que creen que lleva encima esa criatura —la corrigió Mercedes. Su tono sonó un poco cortante, pero enseguida lo suavizó—. Me parece que están demasiado empeñadas en ver lo que, según su lógica profesional, debería suceder, y no lo que sucede en realidad.

—Pero...

—Les recuerdo que para los niños, como ocurre también con nosotros, la realidad no es lo que es, sino cómo la sienten —la interrumpió Mercedes—. Quién sabe; puede que Nazia realmente se sienta feliz desde Navidad —prosiguió— y que esté encantada en casa de Guille, teniendo un hermano como él, aunque sea algo temporal, y un padre como Manuel Antúnez. Encantada con su nueva vida. Y yo les pregunto: ¿acaso no tiene derecho a estarlo? ¿Quiénes somos nosotras para ponerlo en duda?

Sonia bajó la mirada.

En ese momento se oyó un grito procedente del patio y Mercedes se volvió hacia la ventana. Niños jugando. Nada de lo que preocuparse.

—La teoría dice que Nazia tiene que ser infeliz porque su situación es traumática, pero nosotras sabemos mejor que nadie que la teoría y la vida no siempre van de la mano y menos cuando se trata de un niño. Están empeñadas en que la reacción y el comportamiento de Nazia cuadre con la teoría, y no al revés. Ahí está el problema.

—Puede que tengas razón —concedí.

—La tengo —me cortó—. Y ¿sabes por qué? Entre otras cosas, porque tengo el doble de edad y porque la experiencia, al menos la mía, es un plus. Pero sobre todo porque soy la directora de esta escuela y estando las cosas como están no puedo darme el lujo de buscar problemas imaginarios en niños que no los manifiestan. No tenemos ni la capacidad ni el tiempo ni el presupuesto para buscar dificultades donde no las hay, María. Es una cuestión de prioridades. —A mi lado, Sonia carraspeó y buscó algo en el bolso. Mercedes la miró y prosiguió—: Nazia se muestra feliz y tranquila, y si he entendido bien, su comportamiento no pide ninguna atención extraordinaria por parte del centro, más allá de la que ya tiene. Si quieres hacerle un seguimiento preventivo, adelante, cuentas con todo nuestro apoyo, pero te pido que por favor te centres en los niños que a día de hoy de verdad te necesitan, que no son pocos. —Volvió a clavar en mí su mirada de ojos negros antes de añadir—: Cuando Nazia nos necesite, nos tendrá. No antes. No sería justo ni para ti ni para los demás niños.

No me gustó el tono. Y menos aún el mensaje. Sentí que me ardía la cara y estuve tentada de levantarme y retirarme, dejándola con la palabra en la boca. Se hizo un silencio espeso que durante unos segundos ninguna de las tres rompió.

—No creo que haya descuidado mi labor con ningún niño por mi seguimiento de Nazia, si es eso lo que estás diciendo —repuse, intentando contenerme.

—Lo sé —respondió Mercedes—. Y espero que siga así. Y entiendo que su situación es muy delicada, pero aquí estamos para atenderla, no para vigilarla. —Y antes de que pudiera replicarle, añadió—: Te pediría que no lo olvidaras.

Volvimos a quedarnos en silencio, envueltas en el bullicio de la sala de profesores, que empezaba a animarse de nuevo. «¿Cómo he podido ser tan torpe? —pensé—. No tendríamos que haberle dicho nada». En cuanto miré a Sonia entendí que ella debía de estar pensando algo parecido. Quise responder, pero no hubo ocasión.

—Ahora tengo que irme —anunció Mercedes, echando hacia atrás la silla y levantándose—. Ah, antes de que se me olvide, quería decirles algo importante. Esta mañana me ha llamado Inma, la asistente social. Me ha dicho que, después de haber recibido los informes policiales que han llegado de la familia de Nazia en Pakistán, la jueza ha decidido mantener a sus padres en prisión hasta que se celebre el juicio.

—¿Por qué? —pregunté extrañada—. ¿Qué informes?

—No puedo darte una respuesta a eso —replicó—. Solo sé lo que les he dicho. No han querido decirme más. A fin de cuentas, solo somos la escuela de la niña. Vaya una a saber. De repente pensé en Nazia y en que, si eso era verdad, mi trabajo con ella iba a complicarse aún más. Sin la posibilidad de que pudiera visitar a su madre en breve, el dibujo que estábamos preparando en el consultorio para regalárselo ya no tenía sentido y nuestro trabajo juntas quizá tampoco.

Entendí que iba a tocarme a mí darle la noticia, pero quise asegurarme.

—¿Prefieres que se lo diga yo a Nazia?

—Te lo agradecería, sí —asintió—. Y cuanto antes, mejor. No creo que ganemos nada alimentando una ilusión que ya sabemos que no va a cumplirse.

—Muy bien.

Curiosamente, el cambio en la situación me tranquilizó. Se me ocurrió que si yo era la encargada de darle la noticia, eso me concedía la posibilidad de decidir cuándo hacerlo. Y tiempo. Un margen. Mercedes no había hablado de un plazo en concreto. Simplemente había dicho «cuanto antes». Tenía que apurarme.

Mercedes volvió la vista hacia la ventana una vez más. Después de unos segundos de silencio dijo, como si hablara consigo misma:

—Ahora tengo que irme.

Esperamos unos minutos antes de salir tras ella. Cuando llegamos al patio, Sonia siguió hacia la verja de entrada y yo me desvié hacia la casita. A medio camino, junto a los lavabos, vi a Guille, Ángela y Nazia jugando en el patio pequeño. Estaban sentados en el banco, jugando con unas fichas que ordenaban o intercambiaban. Guille estaba de pie y las dos niñas sentadas delante de él. Me detuve un momento a mirarlos. Disfrutaban del juego como si no hubiera nada más, como si lo único que importara fuera el juego y ellos tres, y el mundo, con sus cosas de adultos, quedara fuera. No pude evitar esbozar una sonrisa. No hay nada como observar jugar a unos niños sin que ellos sepan que los ves. No hay nada como esa libertad.

Después de unos segundos allí parada, volví a ponerme en marcha. Cuando apenas había dado dos pasos, Nazia pareció reparar en mi presencia, porque se volvió hacia mí y cruzamos una mirada.

Aunque fue apenas nada, un intercambio fugaz acompañado de una sonrisa tímida que enseguida desapareció, la luz de esos ojos bastó para empaparme de tal modo con su tristeza que durante el resto del día no conseguí quitármela de la cabeza.

Esa tristeza no había estado antes ahí. Nunca.

GUILLE

—ES QUE HEMOS IDO A BUSCARTE A LA MEZQUITA, pero no estabas.

—Ah.

—Y nos han dicho que ya no vas nunca.

Nos habíamos sentado en la escalera, en el escalón que hay detrás del hueco del ascensor. Nazia había sacado del súper un trapo y había limpiado todo el pis que se me había escapado, bueno, todo no, pero casi, y también me había dado una toalla para que me secara, pero aún tenía el pantalón y el calzoncillo mojado. Habíamos pasado tanto miedo que el corazón todavía me latía muy fuerte en la cabeza y Angie decía algo en portugués todo el rato. También se pasaba el dedo por la frente y por los hombros como se hace siempre al final en misa, después de que el cura dice «Amén».

—En el patio dijiste que nos diríamos siempre la verdad, porque si no se nos pondría mala la sangre y nos moriríamos por la transfusión —dije.

Es que tenía un dolor aquí porque estaba enojado con ella y además todavía no me creía que no fuera un fantasma. Me acordé de que en la foto había salido con los ojos azules, y a lo mejor lo que pasaba era que había dos Nazias, la de verdad y la muerta viviente, y pensé que si de repente se le ponían los ojos azules como en la foto, me moriría de miedo.

—Ya, pero es que mi madre me dijo que no podía contárselo a nadie, y cuando el secreto es con tu madre es que es muy importante, porque las madres son más que los hermanos y entonces sí que está bien.

—Ah.

Claro. Las madres son más que los hermanos. Eso siempre. Yo no tengo hermanos, pero mamá era más importante que nadie, la primera del todo. Por eso, si te pasa con los primos o con los abuelos es distinto, porque son menos familia que los hermanos y tienen menos puntos. Entonces se me fue el dolor que tenía aquí porque ya no estaba enojado.

—Ya no puedo ir a rezar porque si voy a la mezquita no me da tiempo de limpiar —dijo—, y le prometí a mi madre que no me olvidaría de tener muy limpio el súper, porque si no, cuando vuelvan, mi hermano se enojará y entonces habrá gritos y cosas. Y como falta poco para la Semana Santa y para que ella vuelva, así es mejor.

Ángela abrió mucho los ojos y a lo mejor era que quería decir algo muy importante, pero entonces oímos que alguien entraba en la portería y nos quedamos muy callados y sin respirar hasta que entró en el ascensor y el ascensor hizo «chuuuuuuiii» y subió al tercero porque era la señora

Raquel. Es que cuando salió tosió muchas veces, y papá dice que la señora Raquel solo tiene un pulmón porque el otro se lo regaló a su hermana por su cumpleaños y desde entonces tose más que nadie para no morirse antes de tiempo.

—Pero no se puede entrar por esa puerta porque está prohibido —dije cuando ya no se oyó nada más—. ¿No?

Nazia miró al suelo y también puso los hombros así, casi tocándose las orejas, como cuando la seño Sonia nos pregunta en clase de inglés y no sabemos qué decir y pasa un rato largo y luego, como la seño se pone un poco nerviosa, es mejor no decir nada porque a lo mejor suena el timbre y te libras y ya está.

—Es que tengo una llave —dijo un poco bajito. Luego nos enseñó la llave, que era grande y pesaba un poco, como las de los castillos antiguos con puente levadizo, pero menos—. Me la dio mi madre para que cuidara del súper el día que se los llevaron en el coche con la sirena y las luces y ya no volvieron.

Ángela se tapó la boca con las dos manos y luego soltó algunas cosas en portugués muy juntas, como *shshshshs*.

—¡Ah, como en las películas de espías! —dijo. Y entonces me acordé.

—¿Esa es la llave que tenías en la bolsa de los siux? ¿La que se te cayó en el patio con el platillo volador?

Nazia me miró muy raro. Luego dijo:

—No, esa es otra.

—¿Otra?

—Sí —respondió—. Es que tengo tres. La de la puerta y la de aquí, donde guardo la bolsa. —Se levantó y señaló con el dedo un cuadrado de hierro con una cerradura pequeña que había encima del escalón, detrás de Ángela. Luego ya no dijo nada más. Nos quedamos callados un rato muy corto y casi le pregunté cuál era la tercera, pero como a lo mejor también era un secreto con su madre no dije nada.

—¿Y no te da miedo entrar todos los días a limpiar al súper? —preguntó Ángela.

—No. Es mi casa.

—Sí, pero como está tan cerca del fantasma del sótano... Nazia juntó las cejas así y se metió la trenza en la boca, bueno primero la parte del medio y luego la cambió por la punta.

—Yo nunca he visto ningún fantasma —dijo.

Ángela miró hacia el techo, como si se le hubieran perdido los ojos y ya no tuviera porque se le quedaron blancos. Luego también volvió a tocarse con el dedo la frente y los hombros y dijo «Amén».

—Pues nosotros lo hemos oído —dijo—. Es muy horrible. —Dijo «ogggible», porque en portugués se dice así—. Como un bebé que canta, pero con un piano muy pequeño y un búho cachorro, más o menos. Y viene de debajo del suelo de la portería.

—Yo creo que es un alma en pena de los zombis y no la oye todo el mundo —dije—. A lo mejor tú no puedes oírla porque como son vecinos, solo resucita cuando sabe que no están o cuando ven la tele para que no se quejen con el presidente de la escalera.

Nazia se rio y Ángela también, aunque menos. Entonces Nazia dijo:

—Tengo que devolver el balde y el trapo al súper. Ahora vuelvo.

Ángela me miró y me dio la mano.

—Vamos contigo.

Y fuimos.

Cuando abrió estaba muy oscuro, pero Nazia dio la luz y ya estábamos en el pasillo de las aceitunas y de las latas y delante de la heladera de los congelados, con las pizzas muy ordenadas por colores y los helados de chocolate, pero no pedí ninguno porque son mejores las gominolas de Coca-Cola y seguro que las dos cosas no se podían. Entonces Nazia dijo:

—Tengo que ir a dejar el balde al lavadero.

Y también fuimos. Ángela no me soltaba la mano. Me dolía un poco porque apretaba todo el rato, y cuando pasamos al salón por la cortina de flecos, dijo otra vez muchas cosas muy bajito como *shshshshshs* y lo miró todo un poco, pero Nazia ya estaba abriendo la puerta del lavadero, que olía como el váter de la escuela cuando Isabel García sale después de haber estado un buen rato durante el recreo de la tarde y los gemelos Rosón se ponen en la puerta y la llaman cagona.

El patio era pequeño y estaba lleno de muchas cosas de comer. Había latas, botellas y Fantas de naranja, y cuando Nazia vació el balde en el desagüe, apartó con el palo del secador una manta gruesa que tapaba la pared y detrás apareció una puerta pequeña de madera. Era como las de verdad, pero no tanto, porque solo cabía una persona muy bajita y muy flaca. Ángela también la vio y enseguida me apretó más fuerte la mano y me clavó un poco las uñas.

Entonces Nazia dijo:

—Ya está. ¿Nos vamos?

Pero no nos fuimos porque nos quedamos muy quietos. Es que del cielo cayó una cosa blanca y muy pequeña que era como un petardo pero sin explotar porque era un cigarrillo pequeño, y, como tenía un poco de fuego en la punta, Nazia volvió a tomar el trapo y lo aplastó y dijo cosas en pakistaní que no entendí. Entonces Ángela me soltó la mano, y menos mal porque me dolía tanto que tenía el dedo del medio dormido y el pequeño casi también, y tiró un poco de la cortina gruesa que tapaba la pared para mirar otra vez y apareció la puerta de los enanos.

—Y ¿aquí qué hay? —preguntó, y se acercó un poco más.

Nazia giró. Cuando vio que Ángela iba a mirar por la rejilla de la puerta, soltó el secador y se puso las manos en la boca con los ojos muy abiertos, como si se fuera a morir o como el día que vimos una cucaracha muy grande en la pared de la clase y nos subimos corriendo a las mesas para que no nos mordiera y nos matara con la rabia.

—¡No se puede! —dijo, y le salió gritando, aunque a lo mejor no se dio cuenta, pero Ángela se asustó tanto que en vez de soltar la manta la apretó más fuerte para no caerse y ¡zas!, destapó la puerta del todo. Nazia me miró muy raro y dijo que no con la cabeza despacito unas cuantas veces—. Es que no se puede porque no.

Enseguida fue hacia Ángela, tomó la manta de suelo y se acercó a la puerta, pero la barra de la cortina estaba demasiado alta y no llegaba y además creo que le temblaban un poco las manos, pero no estoy seguro porque a lo mejor no me acuerdo bien. Y como Ángela era la más alta de los tres porque era de Mozambique y allí comen poco y por eso crecen hacia arriba y no de la barriga, la miró y le preguntó:

—¿Tú llegas?

Ángela miró la barra.

—Me parece que no.

—¿Seguro?

—Sí. ¿No tienes una escalera?

—Creo que sí —dijo Nazia—. Me parece que está en el armario de la habitación de Rafiq.

—Entonces vamos a buscarla —dije.

Nazia dijo otra vez nonono con la cabeza, pero muy rápido.

—No se puede. Está prohibido entrar en el cuarto de Rafiq. Es que si se entera será peor. Siempre es peor.

—¿Por qué?

No dijo nada. Solo hizo así con los hombros y luego miró la puerta y también se rascó un ojo porque a lo mejor le picaba un poco.

—¡A lo mejor podemos bajar la escalera de tu casa! —dijo—. ¡Claro!

Entonces Ángela se puso así, muy tiesa, y se tapó los labios con un dedo como la señorita Sonia cuando llegamos del patio y ya ha pasado un rato y no nos callamos. Luego acercó la oreja a la reja de la puerta.

—Sssh —dijo—. ¿Qué es eso?

Nos callamos y al principio no oímos nada, pero enseguida se oyó algo que era raro, como si alguien escarbara en la tierra o algo, y también un gritito pequeño, de cachorrito, y después pareció que cantaba un pájaro, un canario como el del señor Mario, el del 4.º A, que solo canta los domingos cuando hay fútbol y hacen un gol, aunque sea por la noche y no haya luz. Papá dice que es un canario trucado porque funciona con cuerda y canta solo cuando marca el Madrid para molestar.

Yo tenía tanto miedo que sentí como una cosa en la barriga y luego otras cosas en más sitios distintos, pero no me acuerdo del orden y como no respiraba para poder oír bien, era peor.

Ángela miró a Nazia y cerró muy fuerte los ojos.

—Me parece que aquí hay alguien —dijo.

Ya no me pude mover. Es que si me movía seguro que el fantasma salía y me atrapaba a mí primero, por eso me quedé muy quieto y recé: «Padre nuestro que estás en los cielos, por la señal de la santa cruz líbranos del mal, amén», pero todo el rato y muy rápido hasta que Ángela miró hacia la puerta otra vez y luego acercó el dedo a la cerradura y dijo:

—¿Esta es la cerradura de la tercera llave?

Nazia puso los labios así, en una O muy grande, y se quedó quieta, como si no pudiera moverlos, pero solo un rato corto, porque cuando Ángela acercó el dedo a la cerradura, empezaron a tocar las campanas de la iglesia de la plaza y entonces me acordé de que si ya eran en punto papá tenía que estar al llegar y dije:

—¡Tenemos que subir a casa! ¡Papá está a punto de llegar!

Nazia cerró la boca, pero no me miró. Solo dijo que sí, así, con la cabeza, y Ángela siguió tocando la cerradura con el dedo hasta que preguntó:

—Y ¿quién vive aquí dentro?

Las campanas sonaron hasta que ya no sonaron más y entonces ya no se oyeron, o sea que eso era más tarde que antes, y si papá nos veía salir se enteraría de que habíamos entrado por la puerta prohibida y se enojaría mucho, tanto que a lo mejor me dejaba sin clase de ballet y ya no podría anotarme más hasta el curso siguiente y mejor que no.

—¡No nos dará tiempo de salir y mi padre nos castigará! —le grité a Ángela. Pero ella no se movía porque miraba por la rendija y volvía a oírse el crrr crrr desde dentro y el canario que cantaba bajito, y entonces Nazia dijo:

—Es la habitación secreta. —Se calló y cerró los ojos, como si se le hubiera olvidado lo que iba a decir. Pero enseguida volvió a abrirlos y miró muy fijo a la puerta un rato corto.

Ángela me miró y yo ya tenía tanto miedo que si hubiera tenido pis me lo habría hecho encima, pero no podía ser porque no me quedaba.

—¿La... habitación... secreta? —repetí.

Nazia dijo que sí con la cabeza. Y después, muy bajito, con una voz muy rara, también dijo:

—Es la habitación donde vive Cenicienta.

Entonces empecé a correr, pero mucho, tanto que ya no paré hasta llegar a la escalera y subir a casa y entrar y meterme en el baño con la traba y abrir la tapa del inodoro para vomitar un poco de chocolate y otras cosas de otro color que sabían a hierro y a pan y un poco de arvejas de la comida.

Y ya está. Creo.

MARÍA

«QUIZÁ MERCEDES TENGA RAZÓN».

Esa era la frase que no dejaba de resonar en mi cabeza mientras a mi lado, sentada a la mesa, Nazia coloreaba su retrato, convencida de que muy pronto podría dárselo a su madre cuando llegara el día de ir a verla.

Pero yo sabía que eso no iba a suceder. Y sabía también que mi deber era decírselo, y cuanto antes mejor. Sin embargo, todavía no podía ser. Necesitaba tiempo.

«No tienen nada». Así lo había resumido Mercedes antes de dar por finalizada la reunión en la sala de profesores y dejarnos a Sonia y a mí tan confundidas que durante unos minutos ninguna de las dos había sabido qué decir.

—¿A usted le gustan los colibríes? —preguntó Nazia de pronto.

La pregunta me tomó totalmente desprevenida.

—¿Los colibríes?

—Sí.

—Me gustan, sí —respondí.

Nazia acababa de dibujar unos cuantos en la parte superior de la foto y en ese momento los coloreaba de naranja, verde y azul.

—Mi madre dice que son mágicos —dijo—. Que son la música de la magia.

Me extrañó la reflexión. «La música de la magia».

—Una vez tuve un colibrí —dijo—. Estaba enfermo. Lo encontré en el suelo un día que fuimos de excursión con el otro cole. Me lo llevé a casa y lo tuve en una jaula de cotorras.

—¿Y qué pasó?

—No sé —dijo—. Es que una tarde llegué del cole y ya no estaba.

Tomó un marcador violeta y empezó a pintar una parte del cielo. Pintaba muy despacio, asegurándose de no dejar ningún espacio en blanco.

—¿No estaba?

—No —respondió—. Rafiq me dijo que se había muerto y que lo había tirado al contenedor.

Lo dijo sin pena, como algo que hubiera vivido muchas veces. Acostumbrada. Parecía acostumbrada a eso. Cambié de tema.

—Seguro que tu madre se pondrá muy contenta cuando le regales el retrato —dije.

Sabía que estaba mintiendo, pero también sabía que mi única posibilidad de descubrir más cosas sobre ella era sostener la mentira un tiempo más.

Ni siquiera me miró.

—Si mi madre sale de la cárcel antes de que lo termine ya no hará falta que siga pintando, ¿verdad?

—No, claro.

—Ah.

—¿La extrañas mucho?

Despegó la mirada del dibujo y me miró. Fue una mirada tan seria que casi tuve que apartar la mía.

—¿A mi madre? —preguntó.

—Sí.

Negó con la cabeza.

—No —dijo. Algo debió de ver en mis ojos, porque enseguida añadió—: Es que ya sé hacerlo todo sola. Y quiero mucho a Guille. Es como mi hermano aunque sin sangre, porque todavía no tenemos la transfusión, pero es como si sí. Y el señor Manuel es muy bueno, aunque no cocine. Ya no quema las sartenes y a veces hasta hace la ensalada. Ojalá fueran mi familia de verdad.

—¿Te gustaría?

—Claro.

—¿La tuya no te gusta?

No dijo nada. Siguió dibujando, pero vi que ya no ponía atención en lo que hacía, así que se me ocurrió un pequeño ejercicio.

—¿Sabes? Se me acaba de ocurrir una cosa —dije. De nuevo levantó la vista.

—¿Qué te parece si me dibujas a tu familia para que la ponga en tu carpeta?

Me miró muy fijo, sin pestañear.

—¿Para qué?

—Los niños que son más importantes tienen una carpeta especial con el dibujo de su familia en la cubierta, como si fuera un álbum de fotos. Guille lo tiene. Y me parece que como tú eres parte del equipo deberías tenerlo también.

Sonrió. Su mirada se suavizó.

—Bueno.

—Así me gusta —dije—. Entonces si te parece, deja el retrato y dibuja ahora a tu familia, así lo tendremos ya hecho y podré prepararte la carpeta nueva, ¿quieres?

Y eso fue lo que hizo. Tomó una hoja nueva del cuaderno y puso manos a la obra. Mientras ella dibujaba, fui a la habitación del piano a buscar una de las carpetas de colores que utilizamos para archivar los casos de los alumnos que ya no están en la escuela. Elegí una de color naranja. Cuando estaba a punto de salir, se me encendió la pantalla del celular, que tenía en silencio. No sé por qué, miré quién llamaba, y cuando vi en la pantalla el nombre de Inma, la asistente social, lo agarré.

—Supongo que ya te habrás enterado —dijo en cuanto nos saludamos—. De lo del informe de la policía sobre la familia de Nazia —añadió.

—Sí —respondí—. Me lo contó Mercedes ayer.

—Me parece tan alucinante...

No supe qué decir. En ese momento, mi relación con Inma era muy reciente, y aunque había cordialidad entre nosotras, la confianza era únicamente profesional. Entendí que ella conocía el contenido del informe y estuve a punto de fingir que yo también para que me hablara de él, pero preferí ser sincera con ella.

—Si quieres que te diga la verdad, solo sé que la jueza ha decidido que la familia de Nazia no salga de prisión hasta que se celebre el juicio. También sé que es por el contenido del informe de la policía pakistaní. Solo eso.

Hubo un silencio tenso que ella misma rompió.

—Entiendo —dijo—. Supongo que la dirección de la escuela no tiene por qué estar al tanto de los detalles. Al menos por ahora. Pero lo tuyo es distinto. Como psicóloga de la niña, creo que es una información que deberías tener.

—Te lo agradezco.

Noté como un pequeño suspiro al otro lado de la línea antes de que Inma volviera a hablar.

—Te lo voy a resumir, porque el informe es muy largo. Según los testimonios recogidos por la policía pakistaní, ningún miembro de la familia ha oído jamás hablar de una niña llamada Nazia.

No lo entendí. O al menos no lo procesé.

—¿Cómo? —exclamé.

—Eso mismo dije yo cuando me enteré —respondió ella—. Ya sé que cuesta creerlo, pero para ellos, para la familia que tiene en Pakistán, Nazia no existe ni ha existido nunca.

Me senté en el taburete del piano e intenté pensar con calma. ¿Cómo podía ser que nadie en la familia de Nazia supiera de su existencia? Según yo tenía entendido,

Nazia había nacido en Pakistán y había llegado a España a los cuatro meses con su hermano y con sus padres. Eso quería decir que la familia, los amigos y los más cercanos tenían que estar al corriente de su existencia, por mucho que los padres de Nazia hubieran cortado su relación con todos ellos. ¿Por qué negaban a la niña? ¿De verdad no sabían nada de ella? ¿Podía ser?

¿Qué estaba ocurriendo?

Preguntas. Demasiadas preguntas. Cuando por fin pude reaccionar, empecé a bucear en un mar de interrogantes que, sin la ayuda de Inma, no iban a llevarme a ninguna parte. Me acordé de que ella seguía al otro lado de la línea, esperando.

—Perdona, Inma. Es que... no sé qué decir.

—El informe que la policía pakistaní ha enviado a la española confirma que oficialmente la familia de Nazia está integrada por cuatro miembros: el padre, la madre, Rafiq y Nazia. Sin embargo, el informe también incluye la declaración de dos de las hermanas de la madre de Nazia que viven en el sur del país, lejos del resto de la familia. Las tías de Nazia han declarado que efectivamente no existe ninguna Nazia, pero sí una hija menor que Rafiq, aunque su nombre no es Nazia, sino Fátima.

—Entiendo —dije, por decir algo.

—Según la declaración de las tías de Nazia, Fátima tenía once años cuando la familia se trasladó a Islamabad, la capital del país. Un año después, la familia voló desde allí hasta España. En los pasaportes no figura ninguna Fátima, pero...

—¿Pero?

—En el libro de familia sí. Había, hubo una Fátima.

Según consta, murió poco antes de que el resto de la familia viajara a España.

Fátima y Nazia.

—Pero...

—Es todo lo que puedo decirte por ahora —me interrumpió Inma—. Solo quería comentarlo contigo, por si Nazia había sacado el tema o algo.

—No —respondí—. Es la primera noticia que tengo.

—Entiendo —dijo—. En fin, si me llega alguna información que pueda ayudar o necesitas algo, ya sabes que puedes contar conmigo.

Se lo agradecí. Poco después habíamos colgado.

Durante unos minutos me quedé donde estaba con el celular en la mano, dándole vueltas a lo que acababa de oír. Yo sabía, porque ella me lo había dicho, que Nazia nunca había estado en Pakistán, pero poco más. ¿Qué estaba pasando? De repente me parecieron tantas las posibilidades que decidí que lo mejor era que la policía siguiera haciendo su trabajo y esperar a que llegara más información mientras me concentraba en lo mío. Y lo mío era, evidentemente, Nazia.

Tomé la carpeta naranja y volví con ella al despacho. Nazia me esperaba concentrada en su dibujo, ajena a mí y a todo lo que yo sabía. «¿Quién eres?», me sorprendí pensando en el momento en el que ella levantó la vista del papel y me buscó con la mirada. «¿Quién eres de verdad?».

—Mira, naranja como tus colibríes —anuncié, enseñándole la carpeta—. ¿Te gusta?

Se le iluminaron los ojos.

—¡Sí!

No tardó en terminar. En el trabajo de terapia con nuestros niños, el retrato de la familia es, junto con el de la casa, tan útil como una radiografía de urgencias para un accidentado. Esperé, intentando no pensar en la información que acababa de darme Inma, a que Nazia acabara de repasar el dibujo, y cuando por fin me lo entregó, lo unté con pegamento por la cara posterior y lo enganché a la cubierta de la carpeta sin tan siquiera mirarlo. Luego ella eligió un marcador, escribió su nombre en la parte superior de la carpeta y me la dio.

Nos quedamos calladas un segundo, y enseguida Nazia volvió a tomar el retrato que estaba coloreando para su madre y preguntó:

—¿Cuando usted era pequeña también quería ser Mary Poppins como Guille?

No pude evitar una sonrisa al oírla mencionar a Guille. Me acordé de cómo el primer día de clase del trimestre anterior había desconcertado al colegio entero confesando que de mayor quería ser Mary Poppins. Y no solo eso. A partir de ahí había logrado convencer también a media escuela de que yo era la versión española de Mary Poppins, o, como mínimo, familia suya.

—No —dije—. La verdad es que yo nunca quise ser Mary Poppins.

—¿De verdad?

—Sí. Yo quería ser cantante.

—¡Oh! ¡Qué bonito! ¡Como en «La Voz»! Y ¿qué pasó? ¿Cuándo se volvió Mary Poppins?

Me reí.

—Todavía no lo soy —dije—. Estoy estudiando para ello, pero aún me falta mucho.

Se quedó pensativa. Aproveché la ocasión para cambiar el rumbo de la conversación.

—¿Y a ti? ¿Qué te gustaría ser de mayor?

—Yo seré princesa —respondió—. Rubia. Y con un vestido lleno de brillantes para bailar mejor. Y tendré un marido con una fábrica que será un príncipe y también delfines en la piscina para Guille. Y mi mamá vivirá conmigo porque ya no nos separaremos más.

«No existe». Volví a recordar la frase de Inma: «Nazia no existe para su familia». Sentí un pequeño escalofrío. En ese momento el reloj del vestíbulo marcó la hora y rápidamente Nazia empezó a recoger los colores y a meterlos en la caja de metal.

Mientras ella recogía, volví a mi sitio y empecé yo también a recoger mis cosas. Enseguida se levantó y se despidió.

—Ah, Nazia —dije, antes de que se volviera hacia la puerta—. Guille me dijo que, como no pueden ensayar con Ángela en casa después de clase, querían hacerlo en la habitación del piano para tener el trabajo para el Día del Libro. —Me miró y frunció el ceño. Parecía no saber de qué le hablaba—. Pues bien. Lo he consultado y sí, pueden ensayar aquí durante el recreo siempre que esté yo o alguien más ocupando mi despacho, ¿de acuerdo?

Sonrió y se tapó la boca con las manos. Le brillaban los ojos.

—Muchas gracias, señorita —dijo, extrañamente emocionada—. Usted es muy amable.

Nos quedamos calladas un instante y, después de inclinar la cabeza un par de veces a modo de saludo, giró y desapareció.

En cuanto oí el chasquido de la puerta principal, encendí la lámpara de la mesa, tomé la carpeta de Nazia y acerqué el dibujo a la luz.

«Dios mío», recuerdo que dije en voz alta mientras sentía que un sudor frío me empapaba la espalda.

Ahí estaba. El principio.

GUILLE

—Y ¿TE ACUERDAS MUCHO DE TU MADRE?

—A veces.

Era la hora del patio y estábamos en la habitación del piano. La señorita Sonia nos había acompañado a la casita cuando había sonado el timbre y después se había ido porque le tocaba vigilar el patio, pero María estaba en su despacho. Aunque tenía la puerta cerrada, salía luz por debajo. A mí me gusta mucho la habitación del piano. Es que desde la ventana se ve la veleta de Mary Poppins que está en la fuente del patio y así la vigilo para que no se mueva mucho, porque si se mueve eso es que cambia el viento y entonces a lo mejor María se irá a otra misión en otro cole y yo no quiero.

En la habitación del piano hay una mesa de esas grandes con muchas sillas donde se juntan los mayores a hablar cuando tienen reuniones como los médicos de la tele y también un piano negro que es como un armario pero menos. Nazia se sentó en el taburete redondo que estaba delante del piano y Ángela y yo en dos sillas de la mesa. Se estaba tan calentito con la calefacción que enseguida empezó a darme un poco de sueño, como en clase después de comer cuando entra el sol por la ventana de la esquina. Es que en el patio llovía pero dentro no.

—Y ¿no la extrañas mucho? —me preguntó Ángela, comiéndose un trozo de bocadillo.

Me acordé de mamá y también me acordé de que muchas veces, cuando era invierno y llovía, nos tumbábamos los dos en el sofá del salón con la manta de lana de cuadros. Entonces ella me contaba el cuento de la dragona Lucía, que solo comía girasoles, porque como necesitaba comer fuego y no se podía comer el sol porque no llegaba, lo que más le gustaba eran los girasoles y escupir las pipas, con su cáscara y todo, por la ventana del coche. Luego, mamá sacaba de su bolso una bolsa gigante de pipas saladas y ponía la película *Billy Elliot* en el video y a veces también la de *El casamiento* de Muriel y cantábamos alguna canción. De repente, cuando me acordé de ella y de las pipas, sentí una cosa en la barriga, como un retortijón sin comida, pero luego ya no.

—Sí —dije—. La extraño todo el rato.

—¿Pero mucho o poco?

—No sé. ¿Mucho cuánto es?

Primero Ángela no dijo nada. Pero luego sí.

—Mucho es como si fuera todo, pero un poco menos.

Nazia nos miró un poco raro, como si no nos viera bien o algo, y dijo:

—A mí me gusta mucho vivir en casa de Guille, aunque sea solo su hermana de acogida. Es como cuando vivía en el súper, pero mejor.

Ángela se rascó un poco la cabeza.

—¿Mejor cómo?

—Mejor porque es la parte alta y puedo jugar sin pedir permiso. También tengo una habitación con una ventana muy grande para mí sola y veo el cielo aunque a veces llueva.

No dije nada, pero pensé que cuando volvieran sus padres igual nos dejaban cambiarnos algunos días de casa, así yo podría dormir en el súper y comer gomitas de Coca-Cola por la noche y también me daría tiempo de comer una paleta de frutilla gratis antes de desayunar, pero no lo dije porque me acordé de que papá se quedaría solo con Nazia y me dio un poco de pena. Entonces Ángela dijo:

—Pues yo solo tengo una abuela. Bueno, tengo a mamá Carmen, pero también es de acogida porque solo es mi mamá española hasta que me quiten las manchas de la espalda y vuelva a mi casa. Mi abuela es muy buena y huele muy bien.

—¿También llegó en barca desde Albinia del Norte?

Ángela me miró y se rio muy fuerte.

—¿Albinia del Norte? —dijo, y volvió a reírse un poco más, pero no mucho—. ¿Eso dónde está?

—En el Polo Norte de Rusia. De allí se fueron tus abuelos cuando ya no tenían trabajo, ¿no?

Ángela ya no se rio más. Se frotó el ojo con el dedo muy fuerte y arrugó la boca así.

—No. Yo soy albina porque soy así —dijo—. Así de blanca. No soy de ninguna Albinia ni nada. Y mis abuelos tampoco.

Nazia me miró.

—Entonces ¿albina quiere decir que eres blanca pero en transparente?

—Sí.

—Y ¿eso por qué es?

—No lo sé —respondió Ángela—. Es una enfermedad.

—¡Ah! Y ¿se cura con una inyección?

—No. No se cura.

—Pero si no se cura es que te vas a morir, o a lo mejor te llevan en ambulancia a Nueva York a ver al médico de la tele que mira como un robot y que sabe más que nadie porque es de los Estados Unidos.

—No —dijo—. Por ser albina no te mueres. Bueno, a veces.

—¿A veces cuándo es?

—Pues si te da mucho el sol, te salen unas manchas en la piel que se hacen grandes, y entonces, si no te las borran en el hospital, a lo mejor sí.

—Y ¿las tuyas son muy grandes?

—Un poco.

—Pero ¿grandes como un punto del bolígrafo o grandes como...?

Nazia no me dejó terminar.

—Y cuando te las borren a lo mejor ya está y ya no te morirás, ¿verdad? —preguntó.

—Sí.

—Y ¿en Mozambique son todos albinos?

—Nooo. Solo unos poquitos. Allí son todos negros. Por eso no nos quieren mucho. Dicen que somos raros, y como somos casi transparentes también dicen que traemos mala suerte porque somos familiares de los fantasmas.

—A mí me pareces muy bella —dijo Nazia—, aunque no tengas cejas. Pero es mejor, porque así cuando seas mayor te las puedes pintar y hay muchos colores.

—A mí también. Además, las cejas solo sirven para juntarlas cuando te enojas.

—Es verdad.

—Y ¿las manchas te duelen?

—Antes sí. Pero ahora ya no, porque mamá Carmen me da pastillas del hospital.

—Ah, qué bien.

Y ya no dijimos nada más. Es que solo nos quedaba un rato corto para ensayar y teníamos que apurarnos. Nazia sacó el cuaderno de lengua de la mochila y lo puso encima del piano.

—He pasado en limpio el cuento de *La Cenicienta* moderna que termina bien —dijo—. Es que como mi madre siempre me lo ha contado desde muy pequeña, ya me lo sé de memoria y todo. Y a lo mejor también podemos ponerle música, porque sin música no es lo mismo.

—¿Música?

—Claro. Del piano.

—Yo no sé tocar —dijo Ángela.

—Yo sí —dijo Nazia.

—¿De verdad?

—Sí. Es que si no hay música no se puede, porque se necesita para llamar al hada madrina, como en la película.

—Bueno.

Abrió la tapa del piano y tocó unas cuantas teclas y dijo:

—Qué bien. Suena como de verdad.

—Eso es porque por las tardes, después del cole, la señorita Clara da clase de música aquí a los de sexto —dijo Ángela—. Yo los he visto desde la calle.

—Ah. Pues mejor —dijo Nazia. Y cogió el cuaderno y me lo dio.

—¿Puedes leerlo en voz alta?

—Bueno. Y lo leí.

LA CENICIENTA MODERNA
CON EL FINAL DE VERDAD

Lo que pasó es que Cenicienta tenía una madre y un padre que la querían mucho, pero entonces un día hubo una tormenta muy grande y la mamá de Cenicienta se perdió en el bosque siguiendo a los colibríes, que eran sus amigos, y una bruja muy mala que vivía en una casa sola y que odiaba a los colibríes porque eran mágicos la secuestró con un hechizo para que fuera su criada y también hizo desaparecer a todos los colibríes del reino, porque tenía miedo de que con su pico tan largo y afilado abrieran la cerradura del sótano donde vivía encerrada. Así ya no tendría que limpiar más con detergente ni hacer las camas. El hechizo decía que hasta que Cenicienta no se casara con un señor mayor que fuera un príncipe rico y con fábricas que pagara su rescate no volvería a ver a su mamá. Entonces el papá de Cenicienta se puso tan triste que se casó con su vecina porque eso lo hacen algunos hombres cuando se quedan viudos. La vecina era una señora un poco fea que tenía un hijo muy malo que siempre estaba enojado y que a veces la retaba y otras no, pero el padre de Cenicienta quería que tuviera una madre porque él estaba muy enfermo y enseguida se murió de pena. Desde ese día, Cenicienta vivió limpiando todo el día con detergente o peor, igual que su mamá prisionera en casa de la bruja, y dormía en el sótano con sus dos ratones y su jilguero, aprendiendo a coser sus manteles y sábanas y sus vestidos para cuando apareciera el paje del príncipe rico con las fábricas y la piscina llena de delfines para casarse con él.

Un día por fin llegó la carta con el sello mágico, y como la madrastra no quería mucho a Cenicienta y el hijo feo tampoco, decidieron que la entregarían al príncipe a cambio de un poco de tesoros y una ayuda al alquiler para siempre, y el príncipe dijo que lo pensaría porque era muy caro. Entonces, Cenicienta lloró mucho y tocó en el piano unas canciones hasta que se fue a Pakistán y se casó con él en un palacio con el suelo de diamantes y bailaron un vals y luego Cenicienta tocó una música mágica que había aprendido con un piano de la vieja madrastra y el jardín se llenó de colibríes de todos los colores. Por fin, detrás de los colibríes llegó una carroza con caballos blancos, porque era la de la mamá de Cenicienta, que ya no tenía el hechizo de criada y vivieron para siempre juntas y felices en el palacio. Y este cuento se ha acabado.

—Qué bueno —dijo Ángela, sacando el labio de abajo así, para afuera—, aunque me da un poco de pena, porque sufren mucho hasta que termina bien. Y lo de la música mágica me parece que en el cuento no aparece.

—Es que este es el cuento moderno. Y si no hay música, Cenicienta no puede hablar con los colibríes y entonces su madre no la oirá.

—Claro. Pero entonces tendrás que tocar un poco, porque si no, no se entiende.

Yo no sabía que Nazia tocaba el piano, pero es que a lo mejor solo lo tocaba de mentira para el cuento.

—Y ¿cómo suena la música de los colibríes? —pregunté.

—Pues como si casi no se oyera —respondió.

—A ver —dijo Ángela, terminándose el bocadillo y quitándose con un hilo un trozo de mortadela que se le había quedado enganchado en el colmillo.

Nazia se volvió y se sentó muy recta en el taburete y tocó un poco las teclas para que sonara como cuando entramos en la farmacia y se oye un timbre pero distinto, porque suena clin-clin-clin, y si suena muchas veces y estamos haciendo cola, me da un poco de sueño cuando es invierno y la señora Lola me da un caramelo y dice «este niño debe de tener la presión baja», aunque es raro porque nosotros vivimos en el piso de arriba.

Clin-clin-clin-clin... Nazia tocaba las teclas y tenía los ojos cerrados. Y enseguida las tocaba un poco más juntas o separadas, como si fuera música pero llena de agua o algo triste pero no mucho. Y no sé por qué, me acordé de mamá y pensé que a lo mejor en el fondo del mar los sirenos también escuchaban música del piano con ella y hasta habría colibríes de mar, y un día si yo aprendía a tocar el piano los sirenos me dejarían verla y vivir con ella otra vez.

Y ya está.

MARÍA

LA TARDE EN LA QUE NAZIA ME ENTREGÓ EL DIBUJO de su familia para que lo pegara en la cubierta de la carpeta marcó un antes y un después de muchas cosas, aunque en ese momento no me di cuenta. La conversación con Inma sobre el informe policial me había dejado demasiado conmocionada y el dibujo no había hecho sino confirmar lo que yo ya intuía: Nazia era, como lo había sido Guille meses atrás, la punta de un iceberg. Bajo la superficie existía una oscuridad que ella intentaba ocultar a toda costa. Había un secreto, sí, pero no era la foto ni nada de lo que habíamos imaginado. El secreto tenía un nombre:

Fátima.

Esa noche, en casa, hice lo que suelo hacer cuando estoy demasiado cansada y la cabeza me hierve con mil ideas que no acaban de conectarse: me preparé un buen plato de frutas con yogur y me senté en el sillón delante de la ventana con el fichero en el que guardaba el material de Nazia y mi cuaderno de notas. Puse música y, mientras cenaba, fui recorriendo con la mirada las ventanas de la fachada del edificio de enfrente. Ya era de noche y en el interior de los pisos había vida y luz. En uno de ellos, un padre y una hija jugaban sentados en el sofá con algo que debía de ser una consola. Se reían a cada rato y a veces el padre abrazaba a la niña. Dos plantas más arriba, una pareja mayor miraba la tele desde la mesa del comedor. Estuvieron cenando en silencio hasta que de repente entró una chica joven con dos niños y la escena cobró movimiento, como si hubiera sonado un despertador que yo no pude oír. «Los edificios están llenos de historias y de momentos que no vemos —pensé—. Son la punta de miles de icebergs que emergen de la tierra, cargados con vidas que se mezclan para componer la música de las ciudades. Sin esa música, las ciudades no respirarían. Se morirían de tristeza».

Mercedes tenía razón cuando dijo que no teníamos nada, solo mi intuición y el apoyo de Sonia, que desde nuestra reunión en la sala de profesores ya no era el mismo. Y no por ella, sino por mí. Yo había entendido que su situación y la mía eran distintas: Sonia tenía muchos niños a su cargo y algunos de ellos tenían problemas «reales» tanto o más graves que el de Nazia. Para ella eran sus niños y los vivía y los defendía de cualquier amenaza como una madre a tiempo completo. Yo no estaba siendo justa exigiéndole tanto. Nazia era cosa mía. Decidí que esa era mi batalla y que solo si la necesitaba de verdad buscaría ayuda de Sonia. Ella ya tenía bastante con lo suyo.

Aunque a Mercedes no le faltaba razón, mi intuición seguía en alerta, avisándome de que, aparte de las novedades del informe policial, había una cara de Nazia que no habíamos visto hasta entonces. Había algo. Yo sentía que había algo: un silencio que la envolvía en todo momento como un velo transparente. Una especie de no estar que al parecer nadie más percibía.

Sin embargo, quienes trabajamos con niños a diario en una escuela sabemos que ese no estar tan poco definido es una bengala de luz en un cielo oscuro. A menudo alcanzamos a ver la bengala, pero pocas veces conseguimos dar con su origen real, el punto exacto del mar en el que flota el pequeño náufrago.

Y ese es precisamente nuestro cometido: encontrar la balsa antes de que se hunda.

Aparté a un lado el plato con los restos de fruta y saqué de la bolsa la carpeta de Nazia. En cuanto volví a ver el dibujo, sentí un nuevo escalofrío, aunque ya más débil. El retrato familiar no engañaba: a la izquierda, el padre de Nazia, tachado y diminuto; después la madre, una giganta que lo ocupaba todo, con una expresión neutra y una extraña llave en las manos; luego venía Rafiq, con actitud desafiante y unas manos de dedos grandes y poderosos; y, por fin, entre Rafiq y Nazia, una circunferencia hecha con puntos en la que volvían a aparecer los mismos elementos del jeroglífico que Nazia ya había representado antes en otros dibujos. Obviamente, la circunferencia era una presencia y Nazia no había dudado en incluirla en el retrato familiar porque era parte de la familia.

Fátima.

Una hermana mayor de la que nada se sabía y que ni Nazia ni sus padres habían mencionado nunca. Es más, al parecer, la familia entera había ocultado en todo momento su existencia.

¿Por qué?

Lo que más seguía llamándome la atención era que Nazia no había llegado a dibujar a su hermana, pero tampoco había querido excluirla del conjunto familiar. Fátima estaba allí, ocupando su espacio entre Rafiq y ella, pero sin estar. Después de darle muchas vueltas, se me había ocurrido que quizá Fátima no aparecía en el dibujo porque Nazia y ella no habían llegado a conocerse y Nazia no era capaz de ponerle cara.

Abrí el cuaderno de notas y apunté que debía preguntarle a Inma si había forma de averiguar si, por fechas, Nazia había podido conocer a su hermana en Pakistán o, por el contrario, Fátima había muerto antes de que naciera Nazia.

Luego volví al dibujo y lo repasé de nuevo. Esta vez me centré en la circunferencia de puntos y su contenido. Como el trazo era tan irregular y Nazia había concentrado todos los elementos en una especie de mezcla que no terminaba de verse, agarré la cámara del celular para aumentar el tamaño de la imagen y poder apreciar mejor los detalles.

En cuanto acerqué la pantalla al papel, volvió el escalofrío. De pronto sentí como si alguien hubiera abierto la ventana de golpe y un aire gélido hubiera barrido el salón, helándolo todo. Me sudaban las manos y la frente. Acerqué aún más el celular al papel hasta casi pegarlo al dibujo y contuve la respiración.

Entonces lo vi.

El jeroglífico parecía el mismo, pero no lo era. No del todo.

—No es igual —me oí murmurar—. No es el mismo. O mejor dicho, sí era el mismo, pero seguramente sin darse cuenta Nazia parecía haber querido dar más información, porque aunque los elementos eran los de siempre, bajo la lente de la cámara decían más cosas.

Ahí estaba el colibrí, cómo no. Pero, a diferencia de lo que habíamos visto en el primer y en el segundo dibujo, Nazia había separado el candelabro de la llama que lo coronaba, dejando a la vista dos objetos distintos. Por un lado, el candelabro era en realidad una llave. ¡Y era idéntica a la que llevaba en la mano la madre de Nazia! ¡Cómo no lo habíamos visto antes! Pero había más: en la parte inferior del conjunto, la llama que antes coronaba el candelabro era en realidad la llama de una cerilla, o de una antorcha. O quizá era una... ¿bengala?

Saqué del archivo el jeroglífico que Nazia había dibujado el primer día de clase y lo puse al lado del nuevo dibujo. Juntos, las diferencias todavía eran más evidentes. Los repasé con cuidado y enseguida caí en la cuenta de que había algo más: a las cuatro letras iniciales de la inscripción, Nazia había añadido una «i». La inscripción pasaba de tener cuatro a cinco letras. ¿Por qué? ¿Por qué esa «i»?

Sentí que el corazón me iba a mil por hora e intenté calmarme y pensar con claridad. Si Nazia había decidido dar más información era porque, aunque tímidamente, quería facilitarme el camino hacia ella y su verdad. Respiré hondo, un poco más tranquila. Si eso era así, quería decir que me estaba ganando su confianza y su forma de demostrármelo era bajando la guardia. El retrato familiar era un mensaje dirigido a mí.

«No estaba equivocada», pensé, aliviada, secándome el sudor de las manos. Cerré los ojos y me dejé acunar por la música que llenaba el aire del salón, pero en cuanto quise relajarme, volví a oír la voz tensa de Mercedes en la sala de profesores y su mensaje me despejó de golpe: «Hay que decirle a Nazia que sus padres seguirán en prisión hasta que se celebre el juicio. Y cuanto antes, mejor». Tomé el celular y miré el calendario. Faltaba menos de un mes para Semana Santa. Tenía que apurarme si quería sacar algo en claro antes de las vacaciones. Algo me decía que en cuanto Nazia supiera que su madre no iba a reunirse con ella en breve, su confianza en mí volvería a desaparecer.

«Tengo que actuar rápido —pensé—. Nazia no puede saber lo de su madre hasta que no haya más remedio que decírselo».

Dormí mal esa noche. De hecho, me quedé dormida en el sofá y desperté de madrugada, con un dolor terrible en las cervicales y el cuaderno de notas y los dibujos de Nazia desperdigados sobre la alfombra a mis pies. Después de eso me fue imposible volver a conciliar el sueño. Me levanté, me duché y salí a desayunar fuera, aprovechando para dar un paseo antes de ir a la escuela. Tuve un principio de mañana espeso: dos entrevistas complicadas con un par de padres y una primera sesión con una niña de sexto. Cuando por fin llegó el recreo, me quedé en el despacho, ordenando y haciendo llamadas mientras en la habitación del fondo, Guille, Nazia y Ángela trabajaban en su proyecto. Aproveché para llamar a Inma y comentarle lo de las edades de Nazia y Fátima. No pareció muy receptiva, la verdad. Aun así, finalmente accedió y me aseguró que intentaría averiguar si, por fechas, era posible que Nazia y Fátima hubieran llegado a conocerse. «No entiendo qué importancia puede tener eso, la verdad —comentó—. Con la que tenemos encima». De todos modos, no quise darle más información de la estrictamente necesaria, porque no sabía cuál era su relación con Mercedes y la confianza que había entre las dos.

Cuando colgué, me preparé un té y volví a echarles un último vistazo a los dibujos de Nazia. Mientras iba comparándolos de nuevo, me pareció oír el sonido de las notas de un piano. Al principio creí que eran acordes sueltos, como si alguien tecleara distraídamente, pero a medida que fueron pasando los segundos me di cuenta de que mi primera impresión era totalmente equivocada. Lo que sonaba era una melodía, sin duda alguna, aunque los acordes llegaban tan espaciados y delicados que en verdad parecía como si una mano se paseara casi sin quererlo por el teclado. La música provenía de la sala del fondo, no había otra posibilidad. Sin embargo, por lo que yo sabía, ni Nazia ni Guille sabían tocar ningún instrumento. Automáticamente, y por descarte, decidí que quien tocaba era Ángela, la niña albina. Escuché atentamente durante unos segundos. Era una música pequeña, llena de acordes sueltos. Imaginé a Ángela sentada al piano, tocando, y me emocioné al oírla. Quién sabría cómo había sido capaz de aprender a tocar así en su situación y viniendo de donde venía. Anoté mentalmente comentárselo a Sonia.

Minutos más tarde, el reloj del vestíbulo tocó la hora y la música acabó. Enseguida oí las voces de los niños en el pasillo y muy pronto llamaron a la puerta. Se asomaron para despedirse. No sé por qué, en cuanto vi a Nazia le pedí que se quedara unos minutos.

—No te preocupes por el retraso —le dije, al ver su cara de preocupación—. Te escribiré una nota para que se la des a la señorita Sonia.

Se quedó más tranquila y entró. Guille y Ángela se marcharon y ella se sentó delante de mí. Me miró expectante.

—Será solo un momento —le aseguré. Ella sonrió—. Es que ayer, cuando estaba revisando tu carpeta, caí en la cuenta de que el dibujo que hiciste de tu familia para la cubierta estaba incompleto.

Frunció el ceño.

—¿Incompleto es que no está bien? —dijo con cara de no entender.

Contuve una sonrisa. La mente de los niños no deja nunca de maravillarme. Siempre hay una pregunta preparada. Siempre esa curiosidad.

—No —respondí—. Incompleto es que falta algo.

Abrió los ojos como exagerando la sorpresa y se encogió de hombros. Le pasé el dibujo y señalé la circunferencia de puntos con los cuatro elementos del jeroglífico.

—Aquí. ¿Ves?

Se quedó mirando el papel unos instantes.

—¿Y qué falta? —dijo.

—Todos los miembros de la familia tienen su nombre, pero a este se te ha olvidado ponérselo. ¿Queda raro, no?

Lo pensó un poco antes de responder.

—Sí.

—¿Qué te parece? —insistí—. ¿Quieres que se lo pongamos o prefieres que se quede así?

—No sé.

No dije nada. Preferí que fuera ella quien diera el siguiente paso.

—Es que... —empezó, y enseguida se calló.

—¿Sí?

Se metió una trenza en la boca y la mordisqueó mientras recorría la habitación con los ojos.

—Es que a lo mejor se enoja, seño.

—¿Enojarme? —Me extrañó tanto la respuesta que no supe disimular—. ¿Por qué iba a enojarme?

—No sé.

Un nuevo silencio, este más tenso que el anterior. Nazia dejó de mordisquearse la trenza y empezó a retorcerse los dedos sobre el regazo. Estaba incómoda. Cada vez más.

—¿Quieres que te cuente un secreto? —le dije, intentando serenarla—. Aquí, en la casita, está prohibido enojarse. De hecho, aunque nunca se lo he dicho a nadie, si alguien se enoja las sillas en las que ahora estamos sentadas se levantan del suelo y flotan hasta el techo, y no vuelven a bajar hasta que la persona que las ocupa se ríe. —Y añadí, guiñándole un ojo—: Seguramente se las debió de dejar olvidadas Mary Poppins, porque ya estaban aquí el día que empecé a trabajar en la escuela.

Nazia abrió mucho los ojos y se tapó la boca con la mano.

—¿De verdad?

—Sí.

—¿Y Guille lo sabe?

—No. No lo sabe nadie. Bueno, ahora lo sabes tú, pero será nuestro secreto, ¿dale?

—Sisisisisí —respondió, asintiendo repetidamente con una sonrisa inmensa.

Pasaron unos segundos. Fuera ya no se oían los gritos de los niños. El recreo había terminado. El tictac del reloj del vestíbulo llenó el silencio y mi espera.

—Pero si no quieres decírmelo, no pasa nada —dije por fin—. Es solo que me daba un poco de pena que todos tuvieran su nombre y ella no.

Levantó la cabeza. «Ella». No hizo falta que dijera nada. Lo vi en cuanto me miró. De repente había una luz distinta en sus ojos, un reconocimiento que antes no había estado allí. Mi «ella» había hecho su efecto.

—Es que es un secreto —dijo por fin.

—Bueno, entonces si es un secreto no se lo diremos a nadie, ¿te parece?

No se movió. Tardó unos segundos en volver a hablar. Cuando lo hizo, bajó la voz.

—Solo lo sabe mi madre —dijo—. Y si se entera de que se lo he dicho, se enojará mucho.

—No sufras por eso. No se enterará nadie —intenté tranquilizarla—. Te lo prometo.

Miró hacia la ventana y respiró hondo al tiempo que se mordía el labio inferior.

—Bueno —dijo por fin.

No lo pensó más. Tomó el lápiz y añadió el nombre debajo del círculo de puntos mientras yo aprovechaba para escribirle una nota rápida que justificara su retraso. Nazia esperó.

—Muy bien —dije, dándole la nota—. Ahora ya todos tienen su nombre.

—Sí.

—Cuando llegues a clase, le entregas esta nota a la señorita Sonia y le dices que has estado conmigo, ¿sí?

—Sí.

Se levantó, agarró la nota y salió, cerrando muy despacio la puerta. Luego la oí salir al patio.

Respiré aliviada. «Lo tengo», pensé, dándome un masaje en las cervicales. Fuera, a lo lejos, retumbó un trueno. El cielo se había cubierto y la luz que entraba por la ventana casi no iluminaba a pesar de la hora.

Encendí la lámpara de la mesita y tomé la carpeta de Nazia con el dibujo retocado.

Cuando la di la vuelta para ver lo que había escrito y confirmar lo que yo ya sabía, el resplandor de un rayo iluminó la habitación y las primeras gotas de lluvia impactaron contra el cristal de las ventanas.

Entonces miré el dibujo y leí el nombre que Nazia acababa de añadir debajo de la circunferencia.

Tuve que leerlo varias veces. No era Fátima.

Era la base del iceberg sobre un mar oscuro. O una luz.

Supe entonces que Nazia navegaba sola en su balsa y sentí que acababa de lanzarme una bengala que nadie más que yo podía ver.

★

Minutos más tarde, cuando abrí la puerta para salir al patio en dirección al edificio principal, llovía con tanta fuerza que dudé si volver a entrar y esperar a que amainara un poco. Hasta donde alcanzaba mi vista, todo era tormenta. Durante unos instantes me quedé allí, bajo la pequeña marquesina, inspirando el aire impregnado del olor a tierra mojada y a humedad, hasta que oí el timbre del celular procedente de la mesa del despacho.

Regresé dentro y lo agarré justo a tiempo. Era Inma.

—Ha sido mucho más fácil de lo que imaginaba —dijo sin más. Al ver que yo no reaccionaba, añadió—: Es muy curioso, pero en los datos del registro civil facilitados por la policía pakistaní figura que Fátima murió el mismo día en el que se registró el nacimiento de Nazia.

No dije nada.

—Quizá sea casualidad, o puede que, por simple trámite funcionarial, una muriera días antes de que la otra naciera y la funcionaria pusiera la misma fecha por defecto. Es una posibilidad, aunque no deja de ser llamativo.

—¿Y la hora? ¿Es la misma? —fue lo único que se me ocurrió preguntar.

Hubo un silencio, acompañado por lo que me pareció un crujir de papel.

—Sí, María —dijo al cabo de un instante Inma—. La hora también es la misma.

GUILLE

DESDE QUE NAZIA ME HABÍA DICHO QUE EN EL
sótano vivía Cenicienta me daba miedo bajar solo a la calle,
pero como era un secreto no podía decir nada, y cuando me
tocaba sacar la basura, salía del ascensor y corría mucho
mirando solo al suelo hasta la puerta, porque a lo mejor
Cenicienta estaba despierta y tenía ganas de hablar. Es que
de tanto limpiar y cantar seguro que se aburría, tan sola y encima de noche, como la señora que vive en la estación de servicio cuando está oscuro, y a lo mejor esperaba a que pasara
por delante y abría la puerta y me agarraba del brazo o algo.

Cuando se lo conté, Nazia me dijo que no tuviera miedo,
que Cenicienta era buena y solo quería que llegara el príncipe con el hechizo, pero es que el príncipe nunca llegaba
porque como era de Pakistán y venía de tan lejos, seguro
que también tenía algún problema en el aeropuerto. Yo lo
sabía porque como mamá había sido azafata, un día me
contó que si llevas muchas valijas no te dejan subir al avión
porque pesan mucho y entonces no se puede volar, y los
príncipes tienen tanta ropa para salir de procesión con la
corona de oro que seguro que tienen que esperar un avión
especial que a veces llega y otras no.

Lo que pasó es que ayer papá se fue a un sitio para entregar unos papeles a un señor que a lo mejor le daba un trabajo. Como era por la tarde, Nazia tenía que ir a la mezquita de mentira y quedarse en secreto a limpiar el súper, y cuando ya se iba me dio un poco de pena verla bajar sola y le dije que si quería que la acompañara.

—Bueno —dijo—. Pero si te da mucho miedo, no.

—Sí que me da, pero como estoy contigo y Cenicienta es buena, pues ya no.

—Bueno.

Y bajamos.

Cuando entramos en el súper, enseguida nos pusimos a limpiar los pasillos y también a barrer, aunque no estaba sucio ni nada, y luego Nazia salió al patio para vaciar el balde del agua sucia y yo aproveché para agarrar dos gomitas de Coca-Cola y una de frutilla.

En el patio, Nazia ya había vaciado el balde y llevaba unas cosas en la mano que eran como dos vasos grandes de ColaCao, pero de plástico y llenos de cereales pequeños.

—Es que tengo que bajar —dijo.

—¿Bajar? ¿Adónde?

—Al sótano.

—¿Por qué?

—Porque es la hora de la comida.

Yo sentí una cosa aquí que ahora no sé cómo era de fuerte, pero era mucho aunque no dolía. Y también el corazón me iba muy rápido y otras cosas, aunque en desorden.

Y cuando quise decir algo no pude. Es que estaba afónico, aunque solo fue un rato corto.

—Si no les doy de comer se morirán —dijo Nazia.

—¿Se morirán?

—Sí.

—Pero tú dijiste que solo había una Cenicienta.

Nazia me miró, pero no dijo nada. Sacó la anilla con las llaves de la bolsa roja con flecos de los siux y metió una de las llaves en la cerradura. Yo tenía muchas ganas de echar a correr para subir a casa y encerrarme en el baño, y también un poco de frío en la espalda y pis, pero me quedé muy quieto. Pensé que si Nazia abría la puerta y Cenicienta salía a saludar porque estaba enojada, era mejor que no me viera a mí primero, aunque no hizo falta. Es que cuando Nazia abrió fue un poco raro porque no salió nadie.

—Si quieres puedes quedarte aquí —dijo.

Luego entró y empezó a bajar la escalera, y cuando ya solo le vi la cabeza corrí detrás de ella, porque era peor quedarse solo en el patio que bajar y estar acompañado. Además, Nazia ya había encendido una luz del techo y se veía bien.

Bajé muy rápido detrás de ella y me quedé de pie en el último escalón. Ya no me latía el corazón tan fuerte, o a lo mejor es que simplemente se me había parado un rato corto para descansar.

—Pasa. No tengas miedo —dijo Nazia—. No muerden ni nada.

—¿Seguro?

—Claro.

—Pero es que son muy grandes.

—No tanto. Y son muy buenos —dijo.

—Bueno.

Y me acerqué.

—Este es Teo y esta de aquí es Dora.

Estaban en una caja muy grande llena de trocitos de paja y de esas cosas que sobran de la madera que parecen pedacitos de lengua, y se habían puesto de pie y enseñaban los dientes como si se rieran. Los dos eran blancos.

—¿Son ratones de verdad?

—Claro.

—¿Y te conocen?

—Claro.

—¿Y les das de comer todos los días?

—Claro.

—Pero... si son de Cenicienta, ¿porque no les da de comer ella?

Nazia me miró y puso los ojos así, en blanco, como si se hubiera quedado un poco ciega y también hizo «chttt» con la boca, pero no dijo nada porque enseguida empezó a cantar un pájaro de color marrón que había en una jaula encima de la mesa pequeña al lado de la cama.

—Es un jilguero —dijo, y se acercó a la jaula—. Se llama Lolo. ¿Has escuchado cómo canta?

Cantaba muy bien. Parecía que se había puesto muy

contento cuando oyó a Nazia y no paraba de saltar de una barra a otra como si tuviera un muelle en las patas, que eran como las de los pollos pero en pequeño.

—Es muy bonito.

—Sí. Y además es muy bueno —dijo—. Es que al principio tenía que ser un colibrí, pero no se puede porque se mueren.

—¿Y también le das de comer tú?

—Sí.

Entonces abrió la jaula, echó en el comedero un poco de los cereales que llevaba en un vaso y volvió a meterlo en la jaula. Luego llenó el otro, que se llama bebedero porque es para beber, con una botella de plástico llena de agua.

—Ahora les toca a Teo y a Dora.

Y volvió a hacer lo mismo, pero con los ratones.

—Pero...

Y ya no supe qué más decir. En la pared que estaba detrás de la caja de los ratones había un póster muy grande como los de las películas que tiene el señor Emilio en la pizzería, pero de Cenicienta. Y al lado había otro y también un vestido igual que el de Cenicienta del póster en el baile, y entonces miré bien y toda la habitación estaba llena de cosas de *La Cenicienta*, pero muchas cosas, porque había una calabaza muy grande y naranja, la escoba y el recogedor, una cama muy antigua y una chimenea vieja pero sin tubo ni nada. Y también había un piano en la pared del fondo que era como el de la sala de la casita de la escuela, sin cola de novia por detrás. Y había un montón de dibujos y muchas cosas más, aunque ya no me acuerdo.

Y entonces pasó una cosa.

Bueno, primero pasó una y luego pasó otra porque era la segunda y van en orden.

La primera fue que oímos un ruido que venía de arriba, como unos golpes pequeños que sonaron así: clic, clic, clic, y enseguida pensé que eran pasos, y bueno, si eran pasos es que eran de una persona, y seguro que era Cenicienta que venía de comprar detergente o de clase de baile, porque si tenía que bailar con el príncipe y era la versión moderna entonces tendría que aprender mucho, como en los programas de la tele cuando están en la academia y los profesores los abrazan todo el rato cuando les sale mal, que es casi siempre. Me quedé muy callado escuchando y Nazia dijo:

—¿Qué te pasa?

—Es que hay pasos de persona.

Ella miró hacia la puerta y no dijo nada.

—A lo mejor es ella.

—¿Ella?, ¿quién? —preguntó.

—Pues ella —dije—. Cenicienta, que viene de comprar o del instituto. ¿Y si se enoja porque hemos entrado sin permiso?

Nazia me miró muy raro, como si no me viera bien, y luego cerró los ojos un rato corto.

—No hace falta que pidamos permiso para entrar aquí.

—¿No?

—No.

—¿Por qué?

—Porque esta es mi habitación.

—Pero es que el otro día dijiste que aquí vivía Cenicienta.

—Claro —dijo—. Es que Cenicienta soy yo.

Y entonces pasó la segunda cosa.

—No puede ser —dije—. Tú eres Nazia.

—Sí, pero también soy Cenicienta.

—No, porque no se puede.

—Sí se puede.

—No se puede, porque si eres tú, no puedes ser una niña mágica.

—Claro que se puede —dijo, y gritó un poco—. Mira María. Es María y también es Mary Poppins. Sí que se puede, pero solo si eres una niña o una señora. Los hombres me parece que no. Por eso yo soy las dos cosas.

—Pero es que María es mágica de verdad, aunque ella siempre lo esconde, porque si no, ya no lo sería.

—Claro. Como yo.

—¿Y cómo sabes que eres Cenicienta?

—Porque cuando era muy pequeña mi madre me lo dijo y cuando lo eres ya es para siempre, porque como es mágico no se puede cambiar. Antes, cuando vivía en el otro súper, tenía una habitación igual que esta en el sótano. Como soy Cenicienta, mi madre no quiere que por la noche me escape y me encierra con llave para que no me pase nada malo hasta que llegue el príncipe.

—¿De verdad?

—Sí.

—Pero entonces, si eres Cenicienta, ¿dónde está el príncipe?

Nazia subió mucho los hombros hasta tocarse las orejas y se sentó en la cama con uno de los ratones en la mano, y yo también quería sentarme, pero con el ratón tan cerca no me atrevía.

—Está en Pakistán, esperándome para la boda. Es que mi madre dijo que lo mejor era ir a conocerlo primero en avión como las personas normales, porque como ahora estamos en la época moderna podría ser que el príncipe mayor con la fábrica se asustara un poco si se enteraba de que soy Cenicienta. Pero claro, como pasó lo de los pasaportes y todo, pues no pudo ser.

—¿Entonces ya no te podrás casar y ya no tendrás una piscina con delfines ni saldrás en *Yutub*?

Nazia puso los labios así, muy apretados, y el ratón le subió por la mano hasta el hombro. Ella se rio un poco, pero no mucho.

—Claro que sí —dijo—. Cuando mi madre vuelva de cuidar a Rafiq en la cárcel nos iremos juntas.

—Ah. ¿Y eso cuándo será?

—Antes de las vacaciones de Semana Santa, porque en vacaciones es mejor. Y ya falta muy poco.

—Ah. —Me puse un poco triste porque había dicho que irían solo ella y su madre y pensé que a lo mejor ya no quería llevarme, pero entonces tomó al ratón con la mano y abrió mucho los ojos.

—Pero tú también vendrás con nosotras, porque ahora somos hermanos aunque todavía no tengamos la transfusión, ¿verdad?

Enseguida pensé en papá y noté una cosa aquí, en la garganta, como de llorar pero no tanto. Dije que sí, pero sin palabras, solo con la cabeza.

—¿Te imaginas que al final tu madre no sale a tiempo de la cárcel y no puedes ir a Pakistán en vacaciones?

Nazia se levantó, se acercó a la caja y dejó al ratón dentro. El otro se acercó a saludarlo porque creo que estaban casados y sin divorciarse porque vivían juntos. Luego Nazia agarró la bolsa roja de los siux y fue hacia la escalera.

—No —dijo—. Aunque si pasa eso, tengo un plan.

—¿Un plan cómo?

—Un plan mágico.

—¡Ah! —Otra vez tuve frío en la espalda y me acerqué a la escalera, porque no quería quedarme detrás si Nazia empezaba a subir—. ¿De verdad?

—Claro.

—Y ¿se lo diremos a María? Seguro que ella nos puede ayudar si tenemos que volar gratis.

Se paró antes de llegar a la puerta y gritó, aunque no muy fuerte:

—¡No se puede! —Y luego sin gritar tanto—. ¡No se lo podemos decir a nadie, porque si no saldrá mal y entonces mi madre se morirá de pena y ya no podré verla nunca! ¡Prométemelo! ¡Prométeme que no se lo dirás a nadie! ¿Lo prometes?

Lo segundo que pasó fue que le dije que sí y que no le diría nada a nadie, pero como estaba un poco nervioso porque no quería quedarme allí abajo más rato y me daba miedo que papá ya hubiera llegado a casa, crucé los dedos por detrás. Es que una vez mamá le prometió a papá que no me llevaría al parque si llovía, y cuando papá se fue, ella dijo: «Vamos, prepara tus cosas que nos vamos al parque a bailar encima de los charcos». Cuando le dije que no se podía porque se lo había prometido a papá, mamá se rio un poco... bueno, mucho, y dijo: «Cuando juras no, cariño, pero cuando prometes sí que se puede. Solo tienes que cruzar los dedos así, por la espalda, y ya no es tan grave».

Y ya está porque no pasó nada más.

V

EL COLIBRÍ MÁGICO, LAS PALABRAS DEL CRUCIGRAMA Y LA PARTIDA

MARÍA

—¿TÚ SABES SÍ LOS PLATILLOS VOLADORES TAMBIÉN pueden encogerse mucho como la ropa cuando la lava papá?

Faltan apenas unos días para que termine el trimestre. La Semana Santa está al caer y la escuela se prepara poco a poco para despedir el invierno. Parece mentira lo rápido que ha pasado el tiempo desde que volvimos de vacaciones de Navidad. El martes que viene, Guille, Nazia y Ángela leerán su trabajo delante de los profesores de lengua y de los miembros del equipo que quieran estar. Estos días han ensayado mucho en la habitación del fondo y están nerviosos, sobre todo Ángela, que teme que la llamen del hospital antes de tiempo y no pueda participar. Por lo demás, seguimos envueltos en esta normalidad que todos dan por buena, pero que yo sigo intuyendo demasiado frágil. Nazia continúa preocupándome, aunque ya no comparto mi preocupación con nadie. Sonia apenas puede con todo lo que tiene, y Mercedes..., en fin, prefiero no molestarla. Más allá de eso, Nazia sigue dibujando el retrato para su madre. Como lo terminó hace un par de sesiones y yo quería darme más tiempo para intentar descubrir algo más, la convencí para que escribiera un texto que acompañara al dibujo mientras mantenemos las sesiones. Sigue igual, igual de serena, de imperturbable.

De «normal».

Qué difícil es para quienes trabajamos con ellos distinguir entre un niño que no sufre y uno que no siente.

Esta mañana, como todos los jueves, me ha tocado sesión con Guille. A diferencia de otros días, no parecía tener muchas ganas de hablar. Desde que llegó estaba pensativo y parecía rumiar cosas mientras coloreaba el mandala que había elegido del cuaderno en cuanto se sentó a la mesa. Aprovechando sus pocas ganas de conversación, he sacado la carpeta con todo lo que tengo de él para revisar el escaso material que contiene sobre Nazia: solo la redacción que me dejó en el buzón de la casita después de mi mes de baja y la reproducción que hizo de la foto secreta de Nazia. He mirado las dos cosas por encima, y cuando estaba a punto de devolverlas a la carpeta, lo he pensado mejor y he decidido volver a leer la redacción.

La he leído sin apuro y, al poco, con una sonrisa en los labios. Leer a Guille provoca a menudo un pequeño riego de frescura interior que te reconcilia con cosas que cuesta nombrar. Es esa inocencia tan terrible a veces, como si en lo que escribe hubiera una pureza que te atrapa como un imán. Al llegar al último tramo del texto, cuando ya creía que no había nada que encontrar, se me ha helado la sonrisa. «Dios mío», me he oído pensar al tiempo que notaba un aguijonazo de tensión en la espalda. La tensión ha llegado acompañada de un pequeño calambre. He releído despacio los dos últimos párrafos, intentando que Guille no notara nada, subrayando la información que he creído que podía serme útil.

> «Lo último es que al final Nazia le enseñó a Ángela la foto secreta porque, claro, si va ser el hada madrina de Cenicienta, tiene que saber cómo es el vestido de la boda con el príncipe, y cuando se la enseñó, Angela se la puso así, muy cerca de los lentes de buceador negros que se pone cuando sale al patio para poder verla bien, y como ~~ahora ya~~ habla mucho castellano porque vive aquí aunque sea de Albinia, dijo:
> —Qué linda. —Y también—: Pero es muy raro, porque en la foto tienes los ojos muy azules y ahora los tienes muy negros. A lo mejor te los han pintado por computadora como a las actrices de los Estados Unidos.
> Y Nazia dijo que no, que era porque no veía bien, pero yo me fijé y Ángela tenía razón».

«Los ojos muy azules y los ojos muy negros». Estaba ahí escrito desde el principio, con el puño y letra de Guille, y ni Sonia ni yo habíamos reparado en ello en ningún momento. Fue entonces cuando me vino a la cabeza una de las frases que mi tutora de máster me había repetido en varias ocasiones: «Los niños ven cosas que los adultos invisibilizamos porque hemos dejado de mirar con curiosidad. Es como si, delante de un cuadro, ellos vieran el detalle que da la información vital sobre la obra y nosotros miráramos el cuadro como un todo, sin reparar en el detalle que lo explica». Cuánta razón. Tanto Ángela como Guille se habían dado cuenta de que el color de ojos de la Nazia de la foto era distinto al de la Nazia real, y aunque Guille lo había escrito en su redacción para ponerme en guardia, ni Sonia ni yo dimos ninguna importancia a la información. Me he culpado en silencio mientras Guille seguía a lo suyo con los colores del mandala hasta que de pronto he caído en la cuenta de que la pregunta —su pregunta— seguía en el aire.

—¿Platillos voladores? —he dicho, repitiendo lo que acababa de preguntarme.

—Sí —ha respondido, levantando la cabeza—. ¿Tú sabes si existen unos platillos voladores que cuando no los usas se encogen y caben en una bolsa?

No he llegado a entender lo que me estaba diciendo, aunque confieso que tampoco le estaba prestando demasiada atención. «Los ojos azules y los ojos negros», no dejaba de repetirme en silencio. ¿Por qué? He apartado la redacción de Guille a un lado y he tomado el retrato que él había hecho a partir de la foto de Nazia.

Ahí estaba otra vez. El propio Guille había añadido la información al retrato, avisándome, casi como si me lo gritara por escrito: «Los ojos son azules».

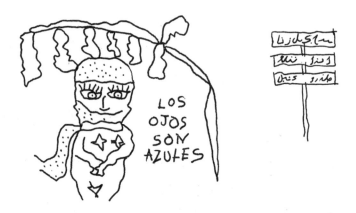

LOS
OJOS
SON
AZULES

Me he quedado abstraída mirando el dibujo mientras barajaba las posibles explicaciones a la diferencia en el color de ojos de la Nazia real y la del retrato. ¿Acaso alguien había retocado la foto? Probablemente. Pero ¿por qué? Quizá habían coloreado los ojos de Nazia porque esa era la foto que la familia había enviado al hombre con el que habían intentado casarla y por alguna razón les parecía más oportuno. Eso tenía sentido. De hecho, era la única explicación posible. He respirado más tranquila. Cuando iba a guardar el dibujo en la carpeta, he visto algo que me llamó la atención.

—María... —ha dicho Guille, reclamándome de nuevo.

—Dime.

—Es que no me contestas.

Tenía razón. No he podido evitar una sonrisa. Si hay algo de los niños que puede conmigo es su verdad. Guille necesitaba mi respuesta y la pedía así, sin rodeos. Para él su necesidad era limpia: yo estaba allí para ayudarlo y él estaba en su derecho de quejarse. Bien por él.

—Perdona —me.he disculpado—. Dame un segundo y estoy contigo, ¿sí?

—Bueno.

Enseguida lo he visto: el cartel, o lo que quiera que fuera eso que Guille había dibujado en la esquina superior del papel, a la derecha de Nazia. Por lo que yo recordaba, no aparecía en la versión del retrato que había hecho Nazia. Estaba la planta que le cubría la cabeza y estaba también ella, claro, pero no el cartel con esos letreros llenos de garabatos que ni siquiera acercando la cámara del celular he podido descifrar.

He querido asegurarme de que no me equivocaba y antes de volver a Guille he agarrado la carpeta de Nazia, he sacado su retrato y lo he puesto junto al de Guille. Efectivamente: el cartel con los letreros solo estaba en el primero. En el de Nazia no había nada.

—Ya estoy contigo —le he dicho a Guille, dejando el celular sobre la mesa. Él ha levantado la vista y ha sonreído—. Pero me gustaría pedirte un favor. A ver si puedes ayudarme antes de que te conteste a lo del platillo.

—Bueno.

—¿Podrías decirme qué pone aquí, en estos letreros que dibujaste en el retrato de Nazia? Es que no puedo leerlos bien.

Le he pasado el dibujo y él lo ha mirado durante un par de segundos.

—No lo sé —ha dicho por fin.

—¿No te acuerdas?

Ha negado con la cabeza.

—Sí que me acuerdo, pero es que no pude escribirlo porque los nombres que ponía estaban en el idioma que Nazia habla con su familia, que es como el castellano de aquí pero en Pakistán.

—¿Estás seguro?

—Sí.

En urdu. Los letreros estaban escritos en urdu. Eso era lo que Guille intentaba decirme. He respirado hondo e intentado sonreír. Los ojos azules. Los letreros en urdu. Obviamente, la foto había sido tomada en Pakistán.

En cuanto lo he pensado he notado como si me hubieran clavado una aguja en el pecho, un pellizco seco que me ha cortado el aliento. Por lo que yo sabía, Nazia nunca había viajado a Pakistán. De hecho, si mi información era correcta, ni siquiera había salido del país. Inma me había dicho que el viaje a Pakistán que la policía había abortado en Navidad era la primera salida de la familia al extranjero desde su llegada a España.

No había ninguna duda: la niña de la foto no era Nazia. Mientras intentaba asimilar esa nueva información miraba a Guille, que en ese momento me hablaba y movía las manos en el aire para explicarse mejor. En mi confusión, lo único que he alcanzado a oír era la pregunta que reverberaba una y otra vez en mi cabeza y que me impedía oír nada más: «Pero si no es Nazia, ¿quién es?».

—... es que como Nazia lleva uno en la bolsa roja de los siux, pues a lo mejor tienen un pitorro como las colchonetas de la playa y así se desinflan y caben —he oído que decía Guille, que seguía mirándome como si tuviera toda mi atención.

Ha sido entonces cuando mi voz interior se ha apagado de golpe, como si desde algún rincón de mi cabeza alguien hubiese desenchufado un micrófono y me hubiera envuelto una nube de silencio.

—¿Se... desinflan? —le he preguntado, haciendo un esfuerzo por entender.

—Sí. Los platillos voladores —ha dicho, mirándome muy serio—. Es que el de Nazia le cabe en la bolsa porque enrolla la antena así, como si fuera una serpiente de la India y...

—¿Cómo dices? —lo he interrumpido.

Me ha mirado un poco extrañado. No está acostumbrado a que lo interrumpa y parecía sorprendido por mi tono.

—Que Nazia enrolla la antena para que le quepa en la bolsa —ha repetido con la voz un poco encogida—, y se le queda como una serpiente de las de los indios con barba blanca y turbante que tocan la flauta encima de los pinchos. De nuevo el pellizco en el pecho. Me he notado la espalda tensa y los hombros como dos piedras mientras agarraba la carpeta de Nazia para ponerla con suavidad sobre la mesa, delante de Guille. El dibujo de la cubierta ha quedado a la vista y él lo ha mirado con cara de no entender.

—A ver —le he dicho, señalando con el bolígrafo el círculo de puntos en el que Nazia había dibujado los cuatro elementos del jeroglífico—, ¿el platillo del que hablas con la antena enrollada es parecido a este?

Guille ha mirado con atención la espiral rodeada de las cinco letras y ha asentido varias veces.

—¡Sí! ¡Es igual! —Luego se ha reído un poco, ya más relajado, y ha añadido—: Bueno, pero sin las letras.

—¿Estás seguro?

—Sí.

—¿Y sabes para qué sirve?

Negó con la cabeza.

—No. Solo sé que es de metal gris y que la antena de espiral termina en dos bolas pequeñas como las que papá se mete en las orejas cuando sale por la mañana a correr con el celular para que la música no se le pierda por el camino y...

De repente ha enmudecido y ha abierto mucho los ojos, clavando la mirada en el dibujo como si acabara de descubrir algo que no esperaba ver.

—¿Qué pasa?

No ha respondido enseguida. En los segundos que ha tardado en volver a hablar, mi inconsciente se ha esforzado por entender cómo encajaba la imagen del platillo volador en miniatura con unos auriculares. ¿Qué podía ser? ¿Una radio? ¿Un... juguete? No ha habido tiempo para más. El silencio de Guille ha empezado a alarmarme.

—¿Pasa algo, Guille? —he insistido.

No ha dicho nada. Ha seguido en silencio, con la mirada clavada en el dibujo.

—¿Guille? —he vuelto a insistir.

Tras unos instantes más, por fin ha inclinado la cabeza a un lado y ha reseguido muy despacio con el dedo el nombre que Nazia había escrito debajo del círculo de puntos.

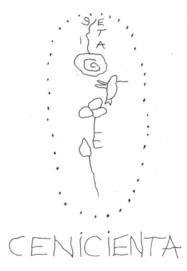

Y ha dicho:

—Entonces... ¿ya lo sabes?

No he sabido qué responder. La pregunta tenía trampa, porque yo no estaba segura de a qué se refería exactamente. Afortunadamente, Guille ha leído mi silencio como un «sí».

—Es que Nazia dijo que era un secreto.

—¿Ah, sí?

—Sí.

—Y sigue siendo un secreto —le he asegurado, intentando tranquilizarlo—. Pero entre nosotros tres. No lo sabe nadie más.

Guille me ha mirado y ha sonreído, aliviado.

—Bueno. —Y, enseguida, la pregunta—: Entonces ¿tú ya sabías que Nazia era Cenicienta?

He intentado que no notara mi sorpresa. ¿Nazia, Cenicienta?

—Sí —he mentido.

Guille se ha reído como un niño al que acaban de descubrir en una travesura, pero que sabe que cuenta con la complicidad de su mayor.

—Claro, porque como cuando no se ve tú eres Mary Poppins, aunque no lo digas, lo sabes todo.

No he dicho nada. Él no había terminado.

—Es genial tener dos amigas mágicas. Aunque no sé si a mí me gustaría ser mágico, porque a lo mejor es muy cansado ser una niña por el día y Cenicienta por la noche. —Y antes de que yo pudiera decir nada, ha añadido—: Creo que me gustaría más ser Mary Poppins, porque no tienes que ir al cole ni viajar muy lejos para casarte con el príncipe mayor para que tu madre no se muera de pena y así es mejor.

Cuando iba a contestarle, Guille se ha acordado de pronto de algo que, por la forma en la que lo ha preguntado, debía de llevar algún tiempo preocupándole.

—¿Y tú sabes si la madre de Nazia volverá a casa esta semana o a lo mejor la siguiente? —ha dicho—. Es que dice que es muy importante que sea antes de las vacaciones de Semana Santa, porque si no ya será tarde y no se puede.

De nuevo la tensión en la espalda. Enseguida me he acordado de Mercedes y he vuelto a oír el mensaje que me lanzó en la sala de profesores: «Díselo. Cuanto antes, mejor». He anotado mentalmente hablar con Nazia cuando tenga un minuto y contarle la verdad.

—Todavía no lo sé —he mentido de nuevo—. Pero lo sabré muy pronto.

—Qué bien.

Se ha hecho un silencio incómodo. Automáticamente he vuelto a acordarme del pequeño platillo volador con los auriculares y, cediendo a la tentación, he decidido insistir por última vez. Necesitaba saber y mi única posibilidad era Guille.

—Oye, ¿y Nazia no te ha dicho para qué sirve el platillo volador?

Guille ha negado despacio con la cabeza.

—No. Es que lo lleva en la bolsa roja de los siux y nunca lo saca.

—Claro.

—Pero la varita la guarda en la habitación de Cenicienta. Yo la he visto.

El comentario me ha tomado totalmente desprevenida.

—¿La... varita?

—Sí, esta —ha respondido, señalando la pequeña vara con la luz que Nazia había dibujado en el interior del círculo—. Pero está apagada para que no se le gaste la pila. Es que Nazia la tiene por si acaso al hada se le olvida la suya cuando tenga que hacer el hechizo y así hay una de repuesto.

He tenido que disimular mi alegría. ¡Una varita! ¡Claro!

—Bueno, si es un hada madrina de las buenas, no creo que se le olvide la varita —he dicho con una contención que no sentía—. Menuda hada sería, ¿no?

Guille se ha reído.

—A lo mejor, si es un hada nueva se equivoca de hechizo y nos convierte en sapos o algo. Yo creo que sería mejor que fueras tú porque eres profesora y no te equivocas, pero como tiene que tener varita y tú no usas, pues no puede ser. Pero a mí me gustaría —ha dicho por último mientras empezaba a recoger los lápices de colores al tiempo que yo recuperaba la carpeta de Nazia y aprovechaba para repasar el dibujo familiar de la cubierta.

Así que esas eran las claves del jeroglífico. Hice una pequeña lista en mi cuaderno:

1- Colibrí

2- Platillo en miniatura con auriculares (5 letras)

3- Varita mágica

4- Llave

El kit de Cenicienta.

Era eso, claro. La punta del iceberg era la Nazia que todos veíamos, la niña normal, la hermana menor, siempre tan discreta y tan serena. Tan poco presente.

La base del iceberg, en cambio, la sombra blanca que se deslizaba sumergida en la oscuridad del agua, era la otra Nazia, esa extraña Cenicienta a la que con su círculo de puntos separaba de los demás y la protegía de su hermano y de sus padres, aislándola en su rincón del papel.

Las dos Nazias.

He respirado, aliviada y sobrecogida a la vez.

No, no estaba equivocada.

En cuanto Guille ha salido del despacho y he oído que cerraba la puerta de la calle, he guardado todo el material en el cajón, me he preparado un té y he marcado el número de Inma. Solo se me ocurría un modo de encontrar la solución al jeroglífico y nadie más que ella podía ayudarme.

Mientras esperaba a que sonara el tono de llamada, he cruzado los dedos. Ahora mi suerte dependía de ella.

Quizá también la de Nazia.

GUILLE

—NO LO ENTIENDO.

—Claro, es que está en francés. Por eso no lo entiendes —ha dicho Nazia.

—¿Marseille qué es?

—Una ciudad.

—¿Y como lo sabes?

—Porque me lo dijo Rafiq un día.

—Y tú le creíste, claro.

Nazia ha dejado a la ratona Dora dentro de la caja y ha venido a sentarse a la cama. Es que el viernes pasó una cosa muy importante en la escuela, pero importante de verdad, como cuando en las noticias de la noche, por debajo de la señora que vive en la tele y te mira todo el rato para contarte los accidentes, sale un cartel rojo que la tapa un poco y pone «ÚLTIMO MOMENTO» y papá se pone muy serio y dice: «A ver qué ha pasado ahora. Es que no hay un día que no...» y luego ya está.

Cuando terminamos el ensayo del recreo en la habitación del piano y pasamos a despedirnos, María le dijo a Nazia si podía quedarse un momentito y Nazia dijo «Bueno» y se quedó, y nosotros la esperamos fuera porque María había dicho que enseguida estaría.

Mientras la esperábamos, Angie me dijo que antes de salir de casa había hablado con su abuela por la computadora de su madre española y que se había puesto triste porque su abuela le había dicho que se había caído cuando iba al campo de mandioca por culpa de una raíz muy gruesa que no había visto y se había roto un hueso de la pierna que ahora no me acuerdo cómo se llama y que tenía que estar en la cama en el convento de las monjas hasta mejorarse porque le dolía y no podía caminar . Y también le había dicho que a lo mejor tendría que quedarse un tiempo más en España porque aquí seguro que no pasan esas cosas, otras sí, pero esas no, y aquí su mamá española la cuida muy bien.

—Y a mí me gusta estar aquí, pero mi abuela está sola y tiene el campo de mandioca y si no la ayudo yo no podrá vivir y entonces no sé —dijo.

—¿La mandioca qué es? —pregunté.

—Es una cosa que se come todo el tiempo porque siempre hay —contestó.

—¿Como las gomitas?

—Pero más grandes, porque son de campo.

—¿Más grandes que las del súper?

—¡Ah, sí! ¡Gigantes!

Entonces se me ocurrió que a lo mejor la abuela de Angie podría mandarnos una caja de mandiocas por mensajero con bici, que son los que no largan humo, y venderlas en el súper de Nazia en vez de las gomitas, pero mucho más caras porque son gigantes y ecológicas, y entonces la abuela de Angie se haría rica y ya solo trabajaría medio día, y hasta podría tener un celular con wifi.

—¿De verdad? —dijo Ángela.

—Claro.

—Se lo voy a decir a mamá Carmen esta tarde. ¡A lo mejor la abuelita ya no tiene que trabajar más y puede venir a pasar unas vacaciones aquí! —Pero también dijo—: Aunque lo del mensajero con bici me parece que no puede ser, porque está muy lejos y se cansaría mucho. Sería en avión, pero es muy caro y entonces ya no sé.

En ese momento se abrió la puerta de la casita y salió Nazia con María. Nazia estaba muy seria y María parecía un poco rara, porque no sonrió ni nos miró. Solo dijo:

—No te preocupes. Seguro que muy pronto encontramos una solución.

Y ya no dijo nada más porque se quedó en la puerta y nos fuimos los tres a clase cruzando el campo de fútbol grande. Antes de llegar a la entrada, Nazia dijo:

—No van a dejar salir a mi madre de la cárcel hasta dentro de un tiempo que a lo mejor es largo.

Angie me miró y se mordió el labio gordo de abajo y también se quitó una lagaña. Yo no supe qué decir. Es que a veces, cuando me pongo nervioso, digo cosas que son como de las personas mayores de las películas del domingo cuando están en un entierro o algo que no se entienden y es peor.

—¿Y qué haremos? —fue lo único que se me ocurrió preguntar—. Sin tu madre, ya no podremos ir a Pakistán para la boda.

Nazia me miró un poco raro y dijo:

—No importa. —Luego se chupó un poco la trenza y se la quitó de la boca—. Ya te dije que tenía un plan.

Eso fue el viernes y hoy es domingo por la mañana porque es feriado y papá ha dicho que como no tiene partido se iba al gimnasio y vendría a buscarnos para ir a comer al chiringuito. Y lo que ha pasado es que hemos bajado con Nazia al súper para limpiar y dar de comer a Dora, a Teo y al jilguero Lolo y cuando terminamos nos hemos sentado en la cama y Nazia ha tomado un libro muy grande que tenía en la mesita con muchas fotos y ha dicho:

—Mira, ¿quieres ver fotos de Pakistán?

—Claro.

El libro tenía muchas fotos y había sitios muy lindos, como de *Aladdín* pero de verdad, y muchas cosas que seguro que eran mágicas, con mercados llenos de alfombras y unos palacios con joyas y muchos señores y señoras que siempre sonreían con los dientes muy blancos y barcos como de los cuentos.

—Y ¿el palacio de tu príncipe no aparece? —he preguntado cuando ya llevábamos un buen rato viendo fotos.

—No.

—¿Por qué?

—Es que a lo mejor es más nuevo.

—Ah.

Hemos seguido mirando las fotos sin decir nada, pero yo quería preguntarle una cosa aunque me daba un poco de vergüenza. Y al final me atreví.

—Y el plan que dijiste, ¿cómo es?

—Es como de aventuras.

—Pero de aventuras ¿cómo?

—Como de espías, pero más interesante.

—¿De verdad? Y ¿también será mágico?

—Claro.

He sentido una cosa aquí, en la panza, pero no como de ir al baño corriendo, sino de lo mismo que me pasa cuando voy a entrar en el cine y hay una cola larga y a lo mejor no nos dejan entrar pero yo quiero porque es una peli que ya sé que me va a gustar mucho.

—Pero sin tu madre no podremos ir a Pakistán.

—Claro que podremos.

—¿Sí?

—Sí.

—¿Cómo lo haremos?

—Iremos en autobús.

No he dicho nada porque a lo mejor metía la pata, pero luego ya sí.

—Pero es que me parece que Pakistán está muy lejos, en Asia del Polo Sur, y si tenemos que ir en autobús no llegaremos nunca porque se pincharán las ruedas y tendremos una avería en el desierto con los camellos.

Nazia ha cerrado el libro y se ha reído, tapándose la boca con la mano.

—No, tonto. A Pakistán no.

—¿No?

Ha dejado el libro encima de la mesita y ha sacado del bolsillo de la campera la bolsa roja con flecos de los siux. Después la ha abierto y le ha dado la vuelta así, y claro, todo lo que llevaba dentro ha caído encima de la cama: la foto de los ojos azules, el manojo de llaves y ¡también el platillo volador encogido con el cable de serpiente india! Cuando lo he visto me he acordado de María y me ha dado un poco de pena, porque ella dice que Nazia le cuenta todos los secretos, pero no, porque lo del autobús no lo sabe y hay otras cosas que tampoco.

Nazia ha tomado la foto y la ha dado la vuelta.

—Mira —ha dicho, enseñándome el mensaje que había detrás. Era el que yo había visto el primer día en el patio, pero no se lo he dicho porque antes era un secreto.

Ponía esto:

Ahmal Javed
Rue Juge du Palais, 3
Marseille 13002

—¿Es una contraseña mágica?

Nazia se ha reído otra vez.

—No, tonto. Es la casa donde va a llevarnos el autobús.

Allí vive Ahmal, un primo de mi padre, y luego tomaremos un avión muy grande, de los que dan de comer y también tienen una tele para ti solo. Me lo dijo Rafiq.

—Y ¿Marseille quién es?

—Es la ciudad donde vive. Está en Francia.

—¡Ah! ¡A lo mejor tu tío conoce a Napoleón!

—Puede ser. Tiene dos supermercados y un restaurante. El día que nos llevaron en los coches de policía, mi madre me apuntó la dirección aquí y me dijo que él nos ayudaría. También me dio su teléfono, pero me parece que no hace falta, porque si es mi tío no hay que avisar ni nada.

—Claro, si es familia no hay que llamar —he dicho—. Qué suerte tener un tío rico en Francia que conoce a Napoleón. A mí me gustaría.

Nazia ha vuelto a meter la foto en la bolsa.

—Bueno, como ahora somos hermanos aunque no tengamos la transfusión, también es casi tío tuyo. Cuando estemos allí se lo diremos.

—¡Genial!

Entonces ha tomado el platillo volador con las antenas de serpiente y cuando iba a meterlo en la bolsa no me he podido aguantar.

—¿Y por qué no inflamos el platillo y así podemos ir volando y llegamos antes para que no se haga de noche? —le he preguntado, pero me ha salido la voz un poco rara porque lo he dicho muy rápido y me he atragantado cuando se me ha ido la saliva por el otro lado.

Nazia ha abierto los ojos así y primero se ha quedado con el platillo en la mano y después ha vuelto a dejarlo encima de la mesa.

—Es que no es un platillo volador.

—¿No?

—No.

—Entonces ¿qué es?

No ha dicho nada y se ha metido la trenza en la boca, bueno, las dos, y también ha mirado hacia la puerta. Y cuando creía que ya no me lo iba a contar, ha dicho:

—Es donde vive mi colibrí mágico.

—¡Ah! ¿De verdad?

—Sí.

—Pero no puede ser porque no cabe.

—Claro. Por eso es mágico. Es que solo está su voz.

—Aaah. ¿Y él dónde está?

—En un lugar.

—¿En un lugar dónde?

—Es que después del baile con el príncipe en Pakistán, tocaré el piano y él y todos los demás colibríes del mundo volverán a volar libres porque oirán su canto y el hechizo se romperá.

No he entendido muy bien qué tenía que ver eso con el platillo.

—Pero el platillo... ¿canta?

—Nooo. No es un platillo. Es una caja de música moderna con auriculares. Bueno, muy moderna no sé, pero tampoco es antigua. Lo que pasa es que la mamá de Cenicienta grabó el canto del colibrí real en un disco antes de que la bruja la encerrara. Mira.

Ha abierto la tapa del platillo y dentro había un disco redondo con unas letras muy pequeñas que no se veían y también un nombre más grande. Entonces me he acordado de María y de las letras que me enseñó del dibujo de la serpiente, ¡y seguro que eran esas porque eran las mismas pero ordenadas mejor y por eso eran el código de un tesoro o algo!

—Y ¿esto es una contraseña del tesoro mágico? —le he preguntado a Nazia.

—Nooo —ha dicho—. Es el nombre del colibrí mágico. Se llama así, pero no lo sabe nadie, solo mi madre y yo.

—Ah.

—Bueno, y mi mamá también, claro. Es que mi madre me regaló el disco a mí, porque como soy Cenicienta y me casaré con el príncipe para que mi mamá ya no sufra más con la bruja, pues ya está.

No he dicho nada porque me daba un poco de vergüenza. Es que no lo he entendido muy bien porque había muchas madres, una detrás de la otra, que a lo mejor eran la misma pero a lo mejor no, pero como a Nazia le parecía normal que hubiera tantas a lo mejor es que como es Cenicienta seguro que tiene una madre señora y una mágica y ya está.

—¿Quieres oír un poco? —ha dicho.

—Bueno.

Ha desenrollado la antena de la serpiente india y me ha puesto los dos botones de la punta en las orejas. Luego le ha dado a un botón ¡y enseguida ha empezado a cantar el colibrí! Yo no sabía que los colibríes cantaban así, pero da igual porque era como cuando a veces íbamos al bosque con mamá y con papá y parábamos a merendar a la orilla de los charcos de los renacuajos. Como era verano, había unos mosquitos muy grandes con unas patas como de alambre que patinaban encima del agua y mamá siempre decía: «Cuando seas mayor, si aprendes a escuchar, los oirás cantar». Me he acordado de ella mientras oía cantar al colibrí porque sonaba así, como cuando un mosquito patina por el agua del charco, pero en voz alta. Y también me he acordado de que a veces, cuando papá se quedaba durmiendo la siesta, mamá me llevaba de paseo a buscar hierbas medicinales, que son unas hierbas sin flores que curan cosas pequeñas y saben muy amargas, y me contaba cosas de cuando era pequeña en Inglaterra, que es el país donde nació Mary Poppins, que se llama Londres. Y me he puesto un poco triste porque a lo mejor, como ella ya no está, cuando sea mayor, tendré que ir solo a los charcos y si oigo la música de los mosquitos no se lo podré decir y entonces creo que ya no quiero ir porque sin mamá seguro que los mosquitos no quieren patinar. Es que yo creo que a lo mejor patinaban para que ella los viera.

Me he quitado los botones del cable de las orejas y se los he dado a Nazia, y me parece que ella se ha dado cuenta de que me he quedado un poco triste porque ha dicho:

—¿Quieres escuchar mi parte preferida?

Yo no quería escuchar más, pero como a lo mejor era distinta de la otra y no me ponía triste, le he dicho que vale. Entonces ella ha abierto la tapa del piano, se ha sentado en el taburete muy tiesa y se ha puesto a tocar con los ojos cerrados como si hiciera mucho sol y no pudiera tenerlos abiertos.

Enseguida yo también los he cerrado, porque me daba un poco de vergüenza verla así. Y el colibrí ha cantado otra vez, pero era porque Nazia tocaba las teclas blancas y también alguna negra, pero menos. Luego he abierto un poco los ojos porque el colibrí cantaba así: «Clin, clin, clin» todo el rato, y de repente me he acordado de que mamá decía que tocar el piano es muy difícil porque hay que estudiar mucho y que casi nadie puede. Pero ya no me he acordado de nada más. Es que Nazia ha terminado y el colibrí ya no cantaba.

—A lo mejor es que el colibrí se siente muy solo y por eso está un poco triste —le he dicho mientras ella cerraba la tapa del piano.

—Sí. Pero cuando toque su música en el piano del palacio después del baile ya no lo estará. Todos los colibríes quedarán libres y vendrán a vernos, ya verás.

—Qué bien. ¿Y has estudiado mucho con un profe particular para tocar el piano?

Nazia ha hecho así con la cabeza, que quería decir que no.

—Entonces ¿quién te ha enseñado?

—Nadie. He aprendido yo sola. Bueno, sola no, con la caja de música mágica. Es muy fácil. Por la noche, cuando todos duermen, me pongo los botones en las orejas y toco igual.

—¡Oh! ¡Eso es copiar!

—¡Nooo! —ha dicho con los ojos así, muy grandes. Y luego—: Bueno, a lo mejor un poco. Escuchaba un trozo y lo tocaba. Y luego otro. Y así todo el rato hasta el final. Y luego todo junto. Y como aquí abajo nadie me oía, pues se podía.

—¿Y en el otro súper de antes también tocabas?

—Claro. Desde que era pequeña.

—¿De verdad?

—Sí. Es que mi madre me dijo: «Mejor que te lo aprendas para cuando tengas que tocarlo el día de la boda, porque ¿te imaginas que se pierde el disco mágico? Sería terrible». Y tenía razón. Así, si se pierde, da igual porque lo toco yo sola.

Luego ya no ha dicho nada más hasta que ha dicho otra cosa distinta.

—Yo creo que el mejor día para irnos a Pakistán es el sábado que viene, porque ya serán vacaciones de Semana Santa y así dará más tiempo para llegar.

—Bueno.

—Será genial, ya verás.

He notado una cosa aquí, como un dolor pequeño, pero no he dicho nada. Es que me he acordado de que no le he dicho nada a papá y si me voy a lo mejor se hace lío con la ropa de la secadora, porque él no la usa nunca y entonces se le arruinará el uniforme del gimnasio y los calzoncillos esos que le regaló mamá y que casi nunca se pone para que no se le gasten.

—¿Pero cómo iremos?

Nazia ha mirado para arriba y ha hecho «bufff» y luego ha dado una patada un poco fuerte al suelo.

—Ya te lo he dicho. ¡En autobús!

—Sí. Pero ¿tú sabes dónde se toma el autobús para ir a Francia?

—Claro. En la parada.

—¿En la parada?

—Sí, en la de la esquina.

—¡Pero creo que ahí para el autobús que va al cole, no el de Francia!

Nazia se ha tapado la cara con las manos y se ha reído mucho.

—Qué tonto —ha dicho, y se ha reído un poco más, pero no tanto. Y después—: Primero tomaremos el 32, que para aquí, y nos bajaremos en la parada de detrás de la estación, que es donde están los autobuses que van a Francia porque son más grandes y tienen tele y me parece que dan merienda, pero no sé si es con chocolate. Y allí compraremos los pasajes y ya está. Es muy fácil. Yo fui una vez con mi madre cuando vivíamos en el otro súper a acompañar a una vecina y está muy cerca.

—Bueno.

—Y como se tarda muy poco porque Francia está muy cerca, no hace falta que llevemos nada, solo lo que necesitemos para cuando el hada tenga que hacer el hechizo y unas gomitas para el camino.

Y ya está porque el pájaro se ha puesto a cantar y Nazia se ha levantado y le ha dicho unas cosas en su lengua de Pakistán, y como el jilguero es un colibrí hechizado, ha cantado un poco más y después ya no porque sabe que no puede hacer mucho ruido por los vecinos.

MARÍA

DESDE EL PATIO YA NO LLEGA NINGÚN SONIDO. La escuela se ha vaciado hace un par de horas y no volverá a la vida hasta dentro de diez días. Hoy han llegado por fin las vacaciones, y hasta que ha sonado la campana y se han abierto las puertas ha sido una mañana dislocada y agotadora, pero entrañable como lo son siempre las últimas horas del trimestre. Se han ido. Los niños se han ido y queda el hueco de lo que ocupan. Quedamos nosotros, los que no nos vamos nunca del todo.

Centinelas. Está bien así.

Ha sido una semana extraña. Los días han transcurrido plácidamente: ningún accidente de último momento, ninguna baja, ningún susto... Nada. En la escuela el trimestre se ha desinflado gradualmente, sin estridencias, un final natural. Pero aquí, en la casita, no ha sido exactamente así. Esta última semana han ocurrido dos cosas que han marcado con resaltador rojo el calendario.

La primera ocurrió el martes. A la hora del recreo, Guille, Nazia y Ángela leyeron y representaron su trabajo del día del Libro en la sala del piano. Mercedes decidió que lo mejor era hacerlo allí e invitar, además de a Sonia, a Ana

—la profesora de Música— y a Carlos y a Elena —de Francés e Inglés—, a la madre de acogida de Ángela y a Manuel, el padre de Guille. Obviamente, Nazia no pudo contar con la compañía de ningún familiar, pero estaba Manuel y, bueno, no hizo falta más.

La representación fue una lectura del cuento que tenían escrito y que era exactamente una interpretación de *La Cenicienta*, como ya sabíamos. «*La Cenicienta* moderna», así lo anunció Nazia cuando estuvimos todos sentados alrededor de la mesa. Ángela fue la primera en leer. Contó la historia de los padres de Cenicienta, de cómo su mamá se perdió en el bosque y fue raptada por una bruja mala que le lanzó un hechizo, no solo a ella, sino también a todos los colibríes del mundo, a los que les robó la voz. Mientras Ángela contaba su parte, Guille y Nazia la escuchaban, atentos. Desde mi sitio, los veía de frente. Veía la expresión de sus rostros, el brillo de los ojos... Miraban a Ángela como si oyeran el cuento por primera vez, como si se lo estuviera contando a ellos, y volvió a maravillarme esa pureza que hay en los niños cuando se rozan con la posibilidad de la magia. Los tres —Nazia, Guille y Ángela— eran niños unidos por una infancia demasiado corta que ellos habían sabido alargar gracias a la imaginación. Se habían unido para contar un cuento que para ellos formaba parte de lo posible y, por tanto, era real, y eso les bastaba para sentir que pertenecían a algo sólido. Cada uno vivía en su propia campana de cristal. Eran niños a los que la vida había castigado demasiado temprano, pero quizá por eso habían sabido despegar de otra manera, se habían dado una segunda oportunidad sin pedir permiso y ahí estaban, delante de una mesa llena de maestros, contándonos un cuento como si los niños fuéramos nosotros: Ángela con su piel transparente manchada de enfermedad, a punto de ingresar en el hospital; Guille viviendo aún el duelo por la muerte de su madre y cuidando de su padre para esquivar la orfandad, y Nazia, tan sola y tan serena, con esa mirada intensa y ausente a la vez, niña y anciana, tan poco cercana...

Luego leyó Guille, que aderezó el cuento con su propio estilo particular, arrancándonos una sonrisa que no desapareció en ningún momento. Embelesados. Estábamos totalmente entregados a lo que oíamos. Repasé las caras de los demás. Ni un parpadeo. De repente escuchábamos como si realmente el cuento fuera nuestro. Guille contaba y nosotros atendíamos, envueltos en una curiosidad que muchos de nosotros no sentíamos desde hacía tiempo.

«Un niño contando es lo más cercano al alivio». Eso fue lo que pensé mientras pasaban los minutos y el efecto de lo que oíamos iba impregnando el aire de la sala. Era electricidad, como si de pronto hubiéramos descubierto que la magia no navega desde el adulto hacia el niño, sino al revés. Es el niño quien debe imaginar y el adulto quien debe rendirse y creer.

De repente, cuando Guille estaba a punto de terminar su parte y parecía que el final del cuento estaba próximo, se iluminó la pantalla de mi celular. Estuve a punto de ponerlo boca abajo sobre de la mesa, pero al agarrarlo vi el nombre de quien llamaba y dudé. Llevaba esperando la llamada desde la tarde de mi última sesión con Guille y mi primera reacción fue salir de la sala y contestar, pero no quise interrumpir a Guille y romper la magia que nos envolvía, así que lo dejé sonar hasta que la llamada se cortó. Sin embargo, al cabo de unos segundos, la pantalla volvió a iluminarse.

Me levanté con una sonrisa de disculpa y salí. Era Inma.

—He conseguido el permiso —dijo en cuanto contesté—. Mañana a las nueve. Si quieres te acompaño, aunque puedes ir sola. Está todo arreglado.

Despacio, me apoyé contra la pared del pasillo y respiré hondo. El jueves anterior Inma me había adelantado que no le sería fácil conseguirme un permiso para que pudiera visitar a la madre de Nazia en la cárcel. «Y si nos lo dan, no creo que sea para ya —había dicho—. Así que paciencia».

—No sabes cuánto te lo agradezco —fue lo único que pude decir.

—Tranquila. Estamos para esto.

Se hizo un pequeño silencio, y en ese intervalo, desde la sala del fondo llegaron los acordes de un piano. Alguien tocaba una pieza y lo que pude oír era una melodía pequeña y delicada, casi como el esqueleto de una voz. «Qué hermoso», pensé antes de que Inma volviera a hablar.

—Quiero que sepas algo, María —dijo—. Esa mujer... la madre de Nazia. Desde que ingresó no está bien.

—¿A qué te refieres?

Pareció dudar antes de continuar.

—Por lo que he podido saber, se comporta de un modo extraño. Es como si todo esto la hubiera..., ¿cómo decirlo...?, superado.

—¿Superado?

—No se relaciona con las demás presas. Apenas come. No ha querido ver a su marido y tampoco a su hijo, y al parecer reza constantemente. En urdu, claro.

—Entiendo.

—No puedo decirte más —añadió—. Si quieres ir sola, no tienes más que avisarme. Te esperan a las nueve.

No lo dudé.

—Lo preferiría, sí.

—Perfecto. Les avisaré.

Le di las gracias y colgué. Me quedé donde estaba, de pie contra la pared, intentando ordenar las ideas. Pero no tenía mucha opción. Al fondo, en la habitación del piano, cesó la música. Oí aplausos seguidos de voces desordenadas y el ruido de sillas al arrastrarse contra el parqué.

Decidí no volver a la sala y entrar en mi despacho. Me pareció poco elegante volver a aparecer justo cuando la lectura había terminado y preferí la discreción de mi estudio. Minutos después de haberme sentado a mi mesa, padres, niños y profesores empezaron a pasar por delante de la puerta en dirección a la salida, hablando, comentando y riendo. Reconocí a Guille con su «ya está» y la risa de Ángela y después otras voces y pasos.

Cuando tuve la certeza de que habían salido todos y se hizo el silencio, me fui a casa. Necesitaba estar segura de que nadie iba a molestarme para preparar la entrevista.

La llamada de Inma ha sido una de las dos cosas que han marcado el calendario semanal. La segunda ha ocurrido hace apenas media hora.

Cuando estaba a punto de salir del despacho, han llamado discretamente a la puerta. La sorpresa ha sido doble, porque ni siquiera he oído pasos en el pasillo.

—¿Molesto?

La cara sonriente de Ana, la profesora de Música, me miraba desde la puerta entreabierta.

—No, para nada —le he respondido más tranquila—. ¿Pasa algo?

—No —ha dicho—. Bueno, no del todo.

—Entra. ¿Quieres un té?

Ha negado con la cabeza. Iba cargada con un montón de carpetas que le ocupaban las dos manos. Estaba apurada.

—Ha venido a buscarme mi novio y lleva esperándome casi un cuarto de hora —ha dicho con una mueca de disculpa.

—Ah.

—Solo quería comentarte lo de Nazia y el piano del otro día.

No la he entendido.

—¿Cómo?

—Bueno, es que no sabía que Nazia tocara el piano. Y menos que lo tocara tan bien. Nadie me había dicho nada.

Había una sombra de reproche en su voz. No he sabido disimular mi sorpresa y ella se ha dado cuenta.

—¿Tú tampoco lo sabías?

He negado con la cabeza.

—Todo este tiempo que los niños han estado aquí ensayando he creído que era Ángela la que tocaba el piano —le he dicho—. Aunque ahora que lo pienso, no entiendo por qué, la verdad. Es casi tan inverosímil, o más.

—Entiendo. —Se ha recolocado las carpetas contra el pecho y ha soltado un suspiro—. Pero sí, es Nazia.

Nos hemos mirado durante solo un par de segundos en silencio. He intentado recordar si en algún momento Guille o Nazia habían mencionado el piano, pero no lo he conseguido.

—¿Tú crees que ha podido estudiar piano antes de venir al centro? Quizá en la otra escuela...

No ha hecho falta que le respondiera. Las dos sabíamos que no.

—Pero entonces ¿cómo ha aprendido a tocar así? —ha preguntado visiblemente confundida.

—No lo sé, Ana —ha sido lo único que he podido responder—. No tengo la menor idea.

Ella ha asentido despacio, perdida en sus propias cavilaciones. Y antes de dar media vuelta la he oído decir, como si hablara consigo misma:

—Nazia tiene un don. Para la música, quiero decir.

—Cuando ya iba a cerrar la puerta, lo ha pensado mejor

y ha insistido—: Tocar así no es... normal, créeme. Y menos una pieza de Satie. —Al ver que yo no sabía qué decir ha negado con la cabeza mientras murmuraba—. Casi nadie se atreve con Satie...

Un instante más tarde ha desaparecido.

Me he quedado sentada durante unos minutos, intentando pensar con calma. «Nazia toca el piano. Nazia toca el piano. Nazia toca elpiano. Nazia tocaelpiano. Naziatocaelpiano...» las cuatro palabras iban deslizándose de un lado a otro de mi frente, como si a base de repetirlas pudiera integrarlas en el rompecabezas cuyas fichas creía tener controladas. Al parecer había una nueva ficha. Nazia y el piano. El piano y Nazia. ¿Cómo era posible? ¿Por qué no sabíamos nada?

Preguntas, preguntas y más preguntas. De pronto me he sentido agotada. La visita de Ana ha vuelto a resucitar la voz de Mercedes y también su mensaje: «No tienen nada. Ocúpense de lo que realmente urge». Durante semanas he seguido intentando demostrar que Mercedes estaba equivocada y que sí había algo, que el tiempo me daría la razón, pero después de la visita de Ana he sentido que no tengo capacidad para ordenar los datos que he recogido, que no sé llegar al fondo porque me falta luz. He estado a punto de llamar a Inma y decirle que cancelara mi visita de mañana a la cárcel. «Necesito descansar —me he oído pensar—. Tomarme las vacaciones para descansar y a la vuelta ya veremos. Quizá me conviene poner un poco de distancia». Pero no he llamado a Inma. He seguido dudando y dándole vueltas un rato más hasta que al final he decidido ir. «Total, no pierdo nada», es lo último que he pensado. Luego me he levantado, he apagado el ordenador y he recorrido la casita para asegurarme de que todo estuviera en orden. Cuando supervisaba la sala del piano, me ha parecido ver pasar un amago de sombra por la ventana y después he oído un pequeño chasquido metálico en la puerta de la calle. Terminado mi reconocimiento, he apagado las luces y he salido. Ya en el patio, cuando estaba cerrando la puerta con llave, he visto que del buzón asomaba un trozo de papel mal doblado. Lo primero que he pensado era que debía de tratarse de un mensaje o un dibujo de despedida de algún alumno, y como iba tan cargada a punto he estado de dejarlo allí, pero me ha podido la curiosidad.

En cuanto lo he desdoblado he reconocido la letra.

Guille.

Era apenas un párrafo. A juzgar por la letra, lo había escrito a toda velocidad. Decía así:

Hola, María. Es que como a lo mejor no te veo hasta después de las vacaciones, ya sé lo que son las letras de la serpiente enrollada que me preguntaste. Lo que pasa es que el platillo volador es un tocadiscos muy pequeño y dentro hay un disco que es mágico porque tiene el canto del colibrí jefe para cuando Nazia se case con el príncipe rico. Y lo que hay al final del cable son dos botones de plástico como los que usa mi padre cuando sale a correr por la mañana y oye música para que no se despiste y se caiga. Y las letras que tú decías se ordenan así: SATIE, porque ese es el nombre del colibrí. Nazia me ha dicho que desde que era pequeña se ha aprendido con el piano todas las canciones de memoria en su habitación del sótano por si se pierde el disco y entonces todo se estropearía. Ah, y también tengo un poco de lío, porque ha dicho que el tocadiscos se lo dio su madre porque era de su mamá y yo no sé cuántas madres podemos tener a la vez, pero me parece que solo una, aunque a lo mejor no.

Y ya está.

En el silencio sepulcral, la estela de la voz de Guille parecía llenar el patio vacío con sus palabras, señalándome a mí y a mi error. En ese momento he entendido que me había equivocado. No era un rompecabezas lo que tenía entre manos. No, Nazia no era un rompecabezas.

Era un crucigrama, y Guille acababa de darme las cuatro palabras que lo completaban.

Sótano. Satie. Mamá. Madre.

Solo era cuestión de encontrar el orden y los huecos correctos.

Pero no había tiempo para tanto.

En apenas doce horas la madre de Nazia me esperaba en la cárcel y yo tenía que llegar a ella con el crucigrama resuelto.

GUILLE

—¡YA VOY!

Nazia ha vuelto a llamar a la puerta diciendo que no íbamos a llegar a tiempo para tomar el autobús, pero es que como al final he decidido escribirle una nota a papá para que se acuerde de algunas cosas, me he retrasado un poco. He terminado enseguida y le he dejado la nota encima de la toalla que usa cuando viene de correr para que la vea.

—¡No llegaremos! —me ha dicho cuando he abierto la puerta.

Luego hemos salido al rellano sin hacer ruido y hemos bajado al súper a recoger las cosas. Ya lo teníamos todo preparado para ir más rápido, aunque ha sido muy fácil porque ayer Nazia dijo que solo teníamos que llevar a Cenicienta y el dinero para el autobús que ella guardaba en una cajita que estaba encima de la heladera.

—Es que Marseille está muy cerca y llegaremos enseguida y después ya comeremos con Ahmal y con su familia y ya está —ha dicho cuando hemos entrado en el súper.

Pero ha pasado una cosa, y es que también teníamos que llevar la jaula con el colibrí jefe y la de los dos ratones que en el baile serán los caballos, y también estaba la calabaza grande y otras más pequeñas para las ruedas de la carroza y sobre todo la varita mágica, que es pequeña porque es como la que usamos en la cocina de casa para encender las hornallas pero en mágica, y no podíamos con todo. Entonces Nazia ha dicho:

—Bueno. Entonces nos iremos vestidos de aquí y así ya no nos tendremos que cambiar, ¿dale? —Y luego—: Yo me pondré el vestido de la boda y tú el de paje real y así ya podremos llevar todo lo demás.

A mí lo de vestirme de paje no me hacía mucha ilusión. Es que ser paje es como ser un criado pero en antiguo, pero cuando iba a decírselo, Nazia me ha mostrado unas calzas rojas muy bellas como las de los bailarines de verdad y unas babuchas de Aladdín con oro y una perla, y a lo mejor es que el paje de Cenicienta es más que los otros porque sabe bailar y no tiene pelos por todas partes. Entonces, después de vestirnos, hemos agarrado las jaulas tapadas con unos trapos y una bolsa del Carrefour con las calabazas y todo lo demás y hemos salido despacito por si nos veía alguien, aunque como los sábados papá siempre se despierta tarde no me daba miedo. La única persona del edificio que se levanta temprano es la señora Lourdes, porque va a trabajar a la pastelería que está al lado del quisco y ayuda a su hija a sacar los panes del horno.

Al rato ha pasado el autobús y solo había una señora sentada delante que ha dicho: «Pero qué elegantes». Como Nazia no le ha contestado, me ha dado un poco de pena.

—Es que nos vamos a una boda en Pakistán para que Cenicienta llegue a tiempo y su mamá se salve —le he dicho—. Por eso tenemos que llegar temprano.

La señora se ha reído un poco y me ha despeinado. Y también ha dicho:

—Ah, qué bien. Seguro que la pasarán genial. Denle muchos saludos a Cenicienta de mi parte. —Se ha vuelto a reír y el conductor ha hecho así con la cabeza y ya está, porque no ha subido nadie más hasta que hemos llegado a la estación de autobuses.

Pero antes de llegar, cuando esperábamos en el semáforo de la estación del tren, Nazia ha metido la mano en la jaula de los ratones y los ha acariciado un poco. No sé por qué me he acordado de Ángela y he pensado que a lo mejor ya estaba con su madre española en la cama del hospital y habían empezado a frotarle la espalda con la goma gigante para borrarle las manchas.

—Si a Ángela le borran rápido las manchas, tal vez le da tiempo a tomar el autobús a Marseille con nosotros —le he dicho a Nazia.

Ella ha puesto los hombros así, para arriba.

—Tal vez.

—A mí me gustaría. Además, así ya llevaríamos al hada madrina desde aquí y no tendríamos que buscar una en Pakistán, ¿no?

Nazia se ha quedado mirando por la ventana y primero no ha dicho nada y luego sí.

—Ángela es muy bella, ¿verdad?

—Sí.

—¿Entonces por qué la insultan y le dicen todas esas cosas como si fuera fea?

—No lo sé.

—A mí me gustaría ser así de blanca —ha dicho. Entonces el semáforo se ha puesto verde y el autobús ha arrancado, y como ha hecho mucho ruido no la he oído bien, pero me parece que ha dicho—: A lo mejor es prima de Blancanieves... Y entonces hemos llegado al edificio blanco donde hay aparcados muchos autobuses con mucha gente de pie y valijas y de todo y me ha dado un poco de miedo porque había muchas personas mayores haciendo filas como en el supermercado pero sin cajeras y sin gomitas, y también un cartel muy grande con nombres de muchos sitios, algunos muy raros, pero Pakistán no estaba.

—Mira, es allí —ha dicho Nazia cuando entramos en una sala un poco más pequeña donde había muchos cristales con personas dentro, como unas peceras pero sin Nemo, y otras filas más pequeñas. Al fondo, casi en la pared, había una un poco más grande. Nazia me ha tomado de la mano y ha gritado—: ¡Allí, allí!

Y era verdad, porque encima de la pecera decía: «París, Marsella, Toulon, Lyon» y más cosas que sonaban como de cuento pero mejor y ya no he tenido miedo porque en la fila había un señor que iba vestido como un mago de verdad, y cuando lo he visto he pensado que era como el andén de Hogwarts cuando Harry Potter va al colegio, que solo lo ven los niños y los profes que son magos porque si no ya no sería de verdad y por eso no importa que vayamos Nazia y yo solos.

Es que los adultos que no son magos no pueden ir.

VI

UNA MADRE, UNA CARTA Y EL SECRETO DE NAZIA

MARÍA

HE PASADO LA NOCHE EN VELA, ABUSANDO DEL café. Ayer, después de cenar, despejé la mesa de la cocina y volví a repasar todo el material que tenía de Nazia: los dibujos, mis notas... Desde que me senté a la mesa hasta esta mañana he estado combinando datos, haciendo ecuaciones, construyendo y desestimando teorías sin parar. En algún momento de la madrugada me he quedado dormida y he debido de tener una pesadilla, porque me he despertado hacia las cinco, con la cabeza entre los brazos y el cuello rígido.

Cerca. En algunos momentos de la noche he sentido que estaba muy cerca de descubrir lo que hay, pero no es fácil bucear en la mente de una niña y menos aún cuando el iceberg sobre el que navega lleva demasiado tiempo flotando entre hielos, tan sola en mar abierto.

A las siete me he levantado de la mesa, me he duchado, he desayunado y poco después he salido hacia la cárcel.

Curiosamente, ha sido durante el trayecto en coche desde casa hasta el centro penitenciario cuando ha ocurrido. No sé qué científico dijo que a veces las verdades llegan cuando la mente se rinde y, en el vacío del agotamiento, por fin nos perdonamos por no haber sabido dar con ellas. Es como si la vida esperara a vernos rendidos para salir en nuestra ayuda, o como si para saber lo único que se nos pide es aceptar que no sabemos. El fracaso da la lucidez, creo que dijo. No sé cuánto hay de verdad en eso. Lo único que sé es que faltaban un par de calles para llegar al desvío que lleva al recinto de la prisión cuando, adormilada como estaba, he tenido que dar un frenazo en seco para no atropellar a tres figuras que cruzaban en ese momento por el cruce de calles y a las que no he visto aparecer. Me he llevado un susto monumental y ellas —porque eran tres mujeres—, más aún. Menos mal que todo ha quedado en nada. Cuando, tras unos instantes de colapso, he podido calmarme, he alcanzado a fijarme en las tres figuras que ya volvían a caminar en dirección a la acera contraria, y ha sido entonces, mientras las veía alejarse a contraluz, cuando la verdad ha impactado contra la luna del coche como un meteorito, aplastándome entera. Eran tres. A la izquierda, la abuela. A la derecha, la madre. En el centro, la niña, agarrada de la mano de las dos mayores, caminando sobre el asfalto casi como si flotara, como el cable que une dos torres de alta tensión.

Me he despertado de golpe. ¡Ahí estaba! He tenido que respirar hondo un par de veces mientras notaba el sudor bajándome por la espalda al tiempo que todos los datos y la información que he barajado durante la noche se han desplegado sobre la luna delantera como un holograma, ordenándose en el aire: Fátima y Nazia, muerta una y nacida la otra el mismo día. No, la coincidencia de fechas no había sido un error del registro. Era un hecho, como lo era también la costumbre de Nazia de hablar de su «madre» cuando se refería a su madre y de «mi mamá» cuando se refería a la mujer a quien quería salvar a toda costa.

Nazia no tenía dos madres, sino una:

Fátima.

Cinco minutos más tarde, estaba sentada delante de Seema, la madre de Nazia, a una mesa redonda en una de las salas de visita de la cárcel de mujeres. Estábamos solas. Además de la mesa y las sillas había un sofá, una máquina de café y otra de refrescos. Y cámaras, claro.

Después de interesarme por su situación en la cárcel y tras hacerle las preguntas de rigor, Seema me ha escuchado en silencio. No me he ido por las ramas porque sabía que solo disponía de una hora. En cuanto he podido le he dicho que el motivo de mi visita era mi preocupación por Nazia. Su reacción ha sido casi nula.

—Entiendo —ha dicho.

—Es una niña muy especial que está viviendo una situación complicada.

—Es buena niña, sí.

No parecía muy interesada en saber y eso me ha extrañado. Había esperado encontrarme con una mujer deshecha y sobre todo profundamente preocupada por su hija.

No era así.

Cuando he ido a hablar de nuevo, Seema me ha interrumpido sin demasiados miramientos.

—¿Sabe cuándo salgo libre? —ha preguntado con tono crispado—. ¿Tarda mucho?

—No, Seema, no lo sé —le he respondido—. Hasta que el juez no fije la fecha del juicio es imposible saberlo.

Ella ha bajado la vista y ha pasado un dedo por la mesa.

—Yo no sabía... no sabía nada. Se lo juro. Son ellos, los hombres. Siempre son los hombres. Dicen «haz esto, haz esto otro», y yo nunca sé. Las mujeres nunca sabemos. Son ellos los que...

—Seema —la he interrumpido—. ¿Tiene alguna idea de dónde le viene a Nazia su obsesión con Cenicienta?

Me ha mirado y ha soltado una especie de suspiro.

—Ah, Nazia tiene cabeza llena de pájaros. Siempre Cenicienta aquí, Cenicienta allá. Es culpa de televisión y de escuela. Por eso no dejo que vea televisión. Tiene que decirle a padre de Guille que prohíba televisión y libros. Libros meten ideas que ensucian...

De repente me ha parecido que Seema no hablaba conmigo. Me miraba, pero no me estaba viendo. Hablaba sin tono, como si algo la hubiera transportado fuera de la habitación. Y el timbre de su voz había cambiado. Ya no era suave, sino seco, como si lo que circulaba debajo de la suavidad fuera amargo o hubiera una segunda voz.

—Sinceramente, estamos... estoy muy preocupada por

Nazia —he vuelto a interrumpirla—. He pensado que quizá usted podría ayudarme a entenderla un poco mejor.

Ni me ha mirado.

—¿Entenderla? ¿Para qué quiere entender? —ha saltado—. Nazia no está en cárcel. Yo sí. Tiene que preguntar cuándo me dejarán salir a mí —ha dicho, tomándome la mano—. Tengo que saber. Creía que venía por eso.

Sobre su cabeza, el reloj de la pared marcaba las nueve y veinte. Solo cuarenta minutos. He decidido ir al grano.

—Seema —he empezado de nuevo—, ¿por qué Nazia nunca menciona a Fátima?

Ha sido como si de pronto le hubiera dado un escalofrío. Ha abierto los ojos y ha retirado la mano con un gesto brusco. Una sombra le ha velado la mirada.

—¿Qué dice?

—Fátima, Seema —he insistido yo—. Sabemos lo de Fátima.

Se ha echado hacia atrás en la silla y ha tragado saliva. Luego se ha encogido un poco sobre sí misma antes de hablar.

—Usted... —ha empezado con un hilo de voz que de repente se ha transformado en algo parecido a un ronquido—. Usted no sabe nada —ha gruñido, cerrando las manos sobre la mesa—. Usted no puede saber porque no tiene hijos. Usted dice «yo sé, yo sé». ¿Y qué sabe, eh? Nada. —Ha apretado los dientes y ha vuelto a gruñir—. Ha venido para información. Sabe nada. Quiere que yo diga para más cárcel.

¡Eso sabe! Usted lava boca antes de hablar de Fátima, de mi Fátima. Aviso.

—Disculpe —he dicho, intentando calmarla—. No pretendía herirla.

—Todas madres que pierden hija están heridas. Hasta que mueren. ¿Eso no sabe usted, que es psicóloga?

No he querido intervenir. Me ha parecido que ella no había acabado de hablar.

—La muerte de hija es lo peor que hay —ha dicho por fin, clavando la mirada en la mesa—. No puede explicarse. Es tortura siempre. Terrible.

Era mi momento y lo he aprovechado.

—Por lo menos tiene a Nazia —he dicho—. Usted ha perdido a su hija, pero le queda su nieta. Es una niña maravillosa.

Ni se ha movido. Ha seguido con la vista en la mesa, respirando pesadamente.

—Fátima era mi niña —ha seguido diciendo—. Era muy buena y tan hermosa..., pero la culpa fue de ojos, enseguida supe. Azules. Ojos azules no buenos. No podía ser. Lo supe rápido. No era bueno. Y yo tenía razón. Era peligro, mucho peligro. No pude esconderla. Siempre tapada, siempre escondida. Pero un día vino hombre a casa. Hombre rico, dueño de empresas. La vio y la quiso enseguida. Rápido, rápido. Y yo dije que no, que era muy pequeña, que era nuestra niña, pero Abdul, mi esposo, tenía mucha deuda y había que pagar porque su empresa no bien. Dije que no, que Fátima no, pero ese hombre pagaba mucho dinero y se la quedó, se la quedó así, tan pequeña… La culpa fue los ojos, maldito azul. Y enseguida embarazada, tan pequeña y tan niña. El señor viaja mucho y deja a Fátima conmigo para que cuide, pero en mes ocho encuentra mal y todo complica, y no llevamos a hospital porque es muy pequeña… y médico muy bueno privado en casa hace todo lo que puede pero no es suficiente porque bebé demasiado grande, tan grande que ya no cabe en Fátima y hay que sacar. Pero todo complica y Fátima no vive. No vive Fátima y vive Nazia y yo vuelvo loca de pena y de culpa y quiero morirme y rezo, rezo mucho para que me muera. Entonces un día rápido llega el hombre y enoja mucho con nosotros por no avisar ni llevar a Fátima a hospital y dice «la han matado». Luego repudia boda porque dice que nosotros estafamos con Fátima y que él va a llevarnos a juez y mira ojos de Nazia y dice «no son azules» y escupe en suelo. Pero él piensa mejor y dice que no castiga a nosotros por estafa si Nazia es para primo suyo viudo. Primo es mayor y espera a que Nazia sea niña para casar, pero no mucho tiempo. Si decimos sí, él ayuda con funcionario y también paga todo para venir a España y abrir supermercado para nosotros irnos y tiempo pasa lejos y así pagamos deuda con trabajo y con Nazia y no juez. —Ha hecho una pausa y se ha tapado la cara con las manos—. Y así hicimos. Y Nazia hija mía, no nieta.

No he sabido qué decir. Lo que acababa de oír era tan espantoso que no he sabido por dónde empezar a pensar.

Demasiados frentes abiertos, demasiada atrocidad. En la pared, el reloj marcaba las nueve y cuarenta y cinco.

—Pero entonces... ¿Nazia sabe que usted es su abuela?

Seema ha asentido despacio.

—Y ¿cree que su madre está... viva?

Seema ha cerrado los ojos y ha dejado escapar un suspiro. Parecía cansada.

—Nazia cree en el cuento. Desde pequeña.

—¿El cuento?

Me ha mirado y de nuevo he visto en sus ojos la ausencia. Estaba ida.

—Cenicienta —ha dicho como si estuviera sola en la sala—. Desde pequeña yo he convencido de que es mágica porque su madre vive en el bosque encerrada y solo ella puede ponerla libre cuando casa con señor príncipe. Ella cree. Su mundo es Cenicienta porque así es mejor. Casará sin miedo, no como mi Fátima. Mi Fátima no quería casar. No quería. Solo quería estar conmigo y también la música, pero música no se podía porque el señor no quería. Entonces mi esposo compró un aparato de escucha música con auricular para que ella escucha en su habitación. A veces escucha juntas, cuando hombres fuera. Era música con el piano, tan bonita... y ella decía: «Es como agua o como colibríes bebiendo agua...».

Lloraba. Seema lloraba despacio mientras hablaba, sin darse cuenta. Parecía exhausta. Las lágrimas le caían de la barbilla a la mesa, pero no hacía ningún gesto para secárselas. A medida que hablaba iba encogiéndose en la silla, como si los años fueran aplastándola contra sí misma, envejeciéndola.

—Satie —me he oído decir, casi sin querer. Ella me ha mirado y ha asentido despacio.

—Hermoso, ¿no? —ha dicho.

—Sí, muy hermoso.

Ha seguido un instante de silencio incómodo. Yo estaba tan sobrecogida que no me he atrevido a decir más. Seema ha puesto las manos boca abajo sobre la mesa y continúa hablando.

—Nazia cree que su madre está viva y también que después de casar con príncipe todo será como en Cenicienta y Fátima romperá hechizo. La he criado así para mejor. Ella cree y no sufre.

He tragado saliva antes de hablar.

—Seema, no vamos a dejar que Nazia se case con nadie —me he oído decir con una voz metálica que no he reconocido—. Tienes que saberlo.

Ella me ha mirado y he visto en sus ojos a la otra Seema, a la que navegaba por debajo de la que hablaba conmigo en la sala.

—Usted no entiende —ha replicado con un tono frío como el hielo—. Nazia es educada para eso y antes o después casará. O él la encontrará y es mucho peor. Es deuda de nosotros. Nazia por Fátima. Fallamos y ahora pagamos. Es la ley. Es justo.

Justo. He sentido una oleada de calor que me subía por el estómago hasta el cuello y he tenido que cerrar las manos sobre las rodillas.

—¿Justo para quién? —casi le he gritado—. ¿Justo para qué? Nazia tiene nueve años, por el amor de Dios. Es su nieta, Seema. Y es una niña. ¿Es que no ve que lo que va a sufrir si no la protege?

Seema ha clavado la mirada en la máquina de refrescos y ni siquiera ha parpadeado al responder:

—¿Y yo? ¿Alguien sabe lo que sufro? —Un instante después se ha levantado, ha retirado la silla y se ha dirigido hacia la puerta de la sala. Cuando desde fuera alguien le ha abierto, ella ha hecho una pequeña pausa y ha murmurado—: Nazia me quitó a Fátima cuando nació. Debe pagar deuda. Es la ley.

He tardado unos minutos en levantarme. Cuando por fin lo he hecho, me temblaban tanto las piernas que por un momento me he sentido incapaz de llegar a la calle por mis propios medios. El horror era tal que no sabía ni por dónde empezar a entender todo lo que había oído. De fondo, en mi cabeza, se oía solo una música repetida que sonaba así: «Dios mío, Dios mío, Dios mío...».

En cuanto he llegado al coche, he subido, me he sentado y he respirado hondo varias veces, intentando calmarme. Después, más serena, he sacado el celular del bolso para llamar a Mercedes. Cuando he activado la pantalla, ha vuelto la tensión.

Y la alarma.

Tenía doce llamadas perdidas de Manuel Antúnez que correspondían al último cuarto de hora y un whatsapp que, en mayúsculas, decía así:

LLÁMEME ENSEGUIDA. ES MUY URGENTE.

MANUEL ANTÚNEZ

—ES POR ESA PUERTA —HA DICHO MARÍA—. LA de la izquierda.

—Bueno.

«No puede estar pasándome a mí». Eso es lo primero que he pensado cuando hace un rato he entrado al baño y al salir he visto el sobre de Guille encima de la toalla. Al principio he pensado que era una de sus cosas, una carta de buenos días o uno de sus dibujos de «Hoy empezamos las vacaciones, papi», algo de esa índole, pero un poco me ha extrañado, porque normalmente me los deja en la mesa del desayuno y son solo papeles sueltos, no un sobre cerrado, así que lo he agarrado y mientras esperaba a que subiera el café he aprovechado para leerlo.

Ha sido como si me hubieran cortado el corazón con un hacha. O como morirse. Morirse debe de ser así. Seguro que sí. Desde la primera línea.

He tenido que leer en alto, porque ni yo mismo oía lo que leía.

Bueno, es que ha pasado una cosa, papá, pero
no te preocupes. Lo que pasa es que tengo que

acompañar a Nazia a su boda porque su madre no puede. Como todavía no ha salido de la cárcel y María dice que es mejor viajar en vacaciones, así es más fácil. Nazia me ha dicho que es un secreto y que no puedo decírtelo, pero yo no te lo digo porque solo te aviso para que sepas poner la secadora. Seguro que la pones mal y los calzoncillos que te regaló mamá se te arruinan y entonces te pondrás muy triste y volverás a llorar por las noches y a hablar y mejor que no. Solo tienes que poner la rueda donde no esté muy caliente para que no queme y ya está, es muy fácil. Ah, y también cuando cocines usa la hornalla pequeña por si se te olvida mirar la sartén mucho rato cuando dan fútbol, así no se quema, ¿dale? Y bueno, no te preocupes porque no estarás solo, es como una excursión pero un poco más larga porque primero vamos en autobús a un sitio que se llama Marsei que está en Francia pero sin la torre Eiffel y después en avión pero no de hélices a Pakistán. Nazia dice que es muy hermoso, como de *Aladdín* con oro y con alfombras voladoras, y cuando se haya casado con el príncipe rico de la fábrica ya tendremos *Yutub* y una piscina con delfines y podremos invitarte porque me parece que estarán amaestrados y no muerden. Papá, ¿te imaginas que los delfines vienen del mar donde se cayó el avión de mamá y donde ahora ella vive con los sirenos y la conocen y se han hecho amigos? A lo mejor puede ser. A mí me gustaría porque así sabría que no se aburre, y bueno. Es que yo a veces me aburro un poco sin ella porque con mamá todo era muy divertido y si ella no está es como si siempre faltara alguien que tiene que llegar pero que primero llega tarde y al final no llega y se me pone una cosa aquí, en la panza, pero raro, porque no sé si siempre será así, hasta que me muera. Y otra cosa, cuando hagas la cama, recuerda poner el edredón encima de la sábana sin elásticos, al revés está mal, ¿sí? Y lo último: aunque ya no esté mamá, me parece que no me gustaría tener otra nueva como Nazia, que tiene dos. Yo contigo ya estoy bien y antes era distinto porque a lo mejor me gritabas un poco y eso, pero ahora que ya no te importa que baile con calzas ni que me disfrace a veces con la ropa de mamá, me lo paso bien, pero quiero decirte que tienes muchos pelos y a mí de grande me gustaría no tener ninguno, ni en la cara ni en otros lugares del cuerpo, ¿podría ser, por favor?

Y ya está. Cuando vengas a verme al palacio de Nazia te pondrás la colonia buena, ¿sí?

Te quiero mucho. Hasta el infinito y el inframundo.

Guille

Cuando he terminado de leer no podía moverme. Ni pensar. Ni nada. De repente tenía tanto miedo y tanta pena y tantas cosas juntas que era como si me fuera a romper por todas partes, como el día que me llamaron de la policía para decirme que al avión de Amanda se lo había tragado el mar y que no había sobrevivientes. Quemaba aquí, en el cuello, y quería hacer algo, pero no sabía por dónde empezar.

Hasta que he pensado en María. No sé por qué he pensado en ella, pero ha sido la primera que me ha venido a la cabeza y entonces la he llamado una, dos, tres veces. Y he seguido llamándola sin parar hasta que he decidido mandarle un mensaje por si podía leerlo, y después también he pensado en llamar a la policía, pero estaba tan loco que no conseguía acordarme de cuál era el maldito número. He marcado el 111, el 211, el 311..., he ido probando combinaciones muy nervioso hasta que por fin ha llegado la llamada de María.

Enseguida que la he oído me he echado a llorar como un chico. Y ya no he podido parar, ni siquiera cuando la he visto aparecer en la calle con el coche. He llorado todo el tiempo hasta que estacionamos aquí fuera, junto a la terminal. María no ha dicho nada. Cuando me ha visto en la puerta, ha bajado del coche, se ha acercado y me ha dado un abrazo que me ha dejado aún peor. Y luego ha dicho:

—Suba. Ya he avisado a la policía.

Durante el trayecto me ha pedido que le leyera la carta de Guille. Al principio me ha costado tanto que casi me ha dado vergüenza, pero ella no ha dicho ni mu, aunque le temblaban las manos y estaba rara, como si no me escuchara del todo. No sé, igual son cosas mías, pero bueno.

—Creo que es la sala del fondo —ha dicho cuando hemos entrado al vestíbulo.

Había muchísima gente por ser el primer día de vacaciones. Entre las valijas, la gente, las filas y el apuro, costaba un montón aclararse y avanzar, pero al final lo hemos conseguido. Todas las ventanillas estaban abiertas y había un barullo tremendo: familias, niñitos llorando, un señor que gritaba porque decía que le habían robado no sé qué... Aquello era imposible y, de repente, me entró una gran desesperación porque allí dentro no podíamos saber dónde estaban ya Guille y Nazia. Ya ni me sentía el estómago de lo que me dolía y me habría puesto a gritarle a toda aquella gente que se callara, que tenía que encontrar a mis chicos, que lo mío sí que era urgente. Pero es que allí no estaban, cómo iban a estar.

«Vaya uno a saber dónde estarán a estas alturas. Y lo que les habrá pasado», he pensado. Menos mal que no me ha dado tiempo a más. De pronto, María me ha agarrado del brazo como si se fuera a caer.

—Allí —ha dicho—. Mire.

He seguido la dirección de su mirada y entonces los he visto, aunque me ha costado un montón reconocerlos. Pegados al cristal de una de las agencias de pasajes, dos niños discutían con la vendedora. Digo «dos niños» porque a primera vista no estaba muy claro lo que era aquello. La niña iba cubierta de la cabeza a los pies con una especie de gasa llena de brillantes y el chico parecía ir disfrazado de algo medieval, como de paje de los naipes o algo, con unas calzas que le quedaban grandes, unas babuchas doradas y una boina. Junto a los pies tenía dos jaulas y una bolsa del Carrefour llena de cosas.

He estado a punto de salir corriendo hacia ellos, pero María, que todavía me tenía agarrado por el brazo, ha tirado de mí y ha dicho:

—Despacio, Manuel. Hay que hacerlo despacio.

Ni la he mirado. No quería perder de vista a Guille y he pensado: «Si ella lo dice, estará bien», así que he puesto el freno y juntos nos hemos acercado sin que nos vieran hasta colocarnos justo detrás de ellos.

—Es que ella tiene que casarse con el príncipe de la fábrica porque es Cenicienta y si no podemos llevar las jaulas no podrá ser posible, porque entonces no tendremos caballos para la carroza ni tampoco el colibrí jefe, y aunque llevemos la varita mágica no saldrá el hechizo —decía Guille, mientras señalaba a la chica de la ventanilla con un encendedor de cocina—. Pero si no nos deja subir al autobús me parece que tendré que usarla para convertirla en una cafetera.

A su lado, Nazia se secaba los mocos con un pañuelo. Tenía la cabeza gacha y desde donde estábamos no se la veía bien.

—Lo siento, chicos, de verdad. Pero no pueden viajar solos —decía la chica con cara de agobiada—. Cuando vengan sus padres, les doy los pasajes a ellos, ¿sí?

Guille ha mirado a Nazia y ha dicho:

—Es que mi madre vive en el mar con los sirenos y los padres de Nazia están en la cárcel porque su hermano, que se llama Rafiq, vive allí y le hacen compañía. Solo queda mi padre, pero no le gusta viajar porque como mi madre era azafata y un día no volvió, él tiene mucha pena todavía y a veces llora toda la noche.

María me ha apretado el brazo y yo he tenido que tragar saliva un par de veces porque me ha agarrado flojo y, bueno, me ha costado aguantarme. Entonces ella se ha adelantado un poco y ha dicho:

—A lo mejor nosotros podemos ayudar.

Guille y Nazia se han dado la vuelta y, en cuanto nos han visto, él ha puesto cara de no creer lo que veía y enseguida se ha acercado corriendo y me ha abrazado por la cintura.

—Papá, es que la señora no nos vende el pasaje y se nos va a escapar el autobús y entonces ya no llegaremos —ha dicho, muy angustiado—. ¿Y qué haremos? ¿Tú crees que si la convierto en cafetera luego puede volver a ser señora? Mientras yo le acariciaba la cabeza y le decía que se quedara tranquilo, que ya se nos ocurriría algo, al lado de la ventanilla Nazia nos miraba como si todo aquello no tuviera que ver con ella.

Estaba tranquila. María se ha acercado y se ha puesto en cuclillas delante de ella.

Nazia la ha mirado y, despacio, ha tendido la mano hasta tocarle el brazo.

—¿Está aquí porque a lo mejor puede llevarnos volando aunque no tenga varita mágica?

VII

UN SECRETO

MARÍA

CUANDO ESCUCHÉ LA PREGUNTA DE NAZIA HE sabido que quizá tendría que mentir, y eso es algo que va contra todo lo que creo y quiero, sobre todo en el trato con los niños. La experiencia me ha enseñado que una mentira salva un escollo, pero en la mayoría de los casos termina creando un abismo del que es muy difícil salir ileso. Para una terapeuta la mentira es la trampa y también el fracaso.

Su pregunta pedía magia. Me ha costado no dársela.

—He estado con tu abuela esta mañana —le he dicho.

Ella ha retirado la mano y se ha quitado el velo de la cabeza. Enseguida se ha metido una trenza en la boca.

—¿Con mi... abuela?

—Sí.

—Pero si era un secreto...

—Ya sabes que entre nosotras eso no cuenta.

—Ah, cierto.

—Hemos quedado en que no hace falta que viajes a Pakistán por ahora.

—¿De verdad?

—Sí.

—¿La abuela ha dicho eso?

—Sí.

—Pero entonces, mi mamá y los colibríes y... —Su voz se ha ido apagando despacio hasta el silencio. Nos hemos mirado fijamente durante unos instantes.

—Querida, tú no tienes que salvar a tu mamá —le he dicho por fin.

—¿No?

—No.

—¿Por qué no?

El momento. Sabía que iba a llegar tarde o temprano, y no había tardado mucho. La verdad o la mentira. A veces hay que apostar a ciegas y estar preparado para lo peor. He elegido la verdad.

—Porque hace mucho que tu mamá no vive.

Nazia se ha llevado la otra trenza a la boca sin apartar la vista de mí. De repente ha sido como si solo estuviéramos las dos, como si el ruido, la gente, el calor humano, se hubieran esfumado y estuviéramos rodeadas de vapor. Han sido unos segundos de intimidad tan intensa que me he quedado sin saliva. Hasta que ella se ha quitado las trenzas de la boca y ha dicho:

—Ya lo sé.

Nunca habría imaginado que tres palabras tan cortas pudieran resonar de ese modo en la boca de una niña. Han sido como tres campanadas. Ya-lo-sé.

Me he quedado muda, con las tres campanadas repicando en mi cabeza, buscando algo que decir.

No ha hecho falta. Ha sido ella quien ha hablado.

—Me lo dijo Rafiq. Un día, cuando vivíamos en el otro súper, se peleó con la abuela y luego me dijo que mi madre se había muerto porque yo nací muy grande y no cabía y entonces mi mamá se puso enferma y se murió. Y también que fue por mi culpa. Y dijo que por eso la abuela no me quería, porque tenía demasiada pena y a lo mejor se volvía loca.

Ni siquiera he parpadeado. Lo único que he podido hacer antes de que Nazia volviera a hablar ha sido preguntarme cuánto tiempo hacía que sabía la verdad. Cuánto tiempo llevaba fingiendo y por qué.

—Pero entonces me dijo que si me portaba bien y me casaba con el señor de la fábrica, los abuelos ya no deberían dinero y también dijo: «Si te casas antes de los doce años, se te vuelven los ojos azules y entonces la abuela te perdonará y a lo mejor también te querrá y así no te quedarás huérfana, porque si la abuela se vuelve loca de pena y tienen que llevarla a un hospital ya no quedará nadie que cuide de ti».

No podía siquiera tragar. Me sentía tan aplastada por lo que acababa de oír que no he sido capaz de reaccionar. Mi verdad no era nada comparada con la suya. Su verdad era su secreto, y su secreto era su balsa en un mar helado. He estado a punto de abrazarla, pero cuando he hecho el gesto de inclinarme hacia ella, Guille se me ha adelantado y se ha acercado hasta quedar a su lado.

—Pero si tu mamá se murió no puede ser por culpa tuya, porque la mía también se murió y a mí me habría gustado que no —ha dicho—. Es que a lo mejor lo más cómodo si tu abuela está mal es que la lleven al hospital para que la cuiden mejor, y si no te queda nadie, ni tu abuela tampoco, entonces ya podemos hacernos la transfusión para que seas mi hermana y podrás quedarte con nosotros hasta el infinito, ¿verdad, papá?

Detrás de mí, Manuel Antúnez debe de haber dicho un «sí» que yo no he oído porque Guille ha sonreído. Luego ha tomado la mano de Nazia.

—Y también podríamos tener a Dora, a Teo y a Lolo en casa para que no estén tan solos en el sótano y a lo mejor le encontramos una colibrina para que se casen. La podemos llamar Satie. ¿Te gustaría?

Nazia me ha mirado antes de responder. Ha sido una mirada tan adulta, tan llena de vidas, de historias y de presente que he estado a punto de apartar la mía. Pero no ha hecho falta. Un instante después ha sonreído, y en cuanto ha llegado la sonrisa, la de sus ojos era una luz distinta, más liviana. Menos secreta.

Ha tomado a Guille de la mano y ha dicho:

—¿La transfusión también se hace con goma de borrar, como lo de Ángela?

Guille se ha echado a reír y ha respondido:

—No, tonta. Se hace con un vampiro, pero no duele porque es de noche, cuando sueñas, porque te dan anestesia con Coca-Cola.

—Ah.

—Pero entonces, si ya no tienes que casarte ni nada, ya no tienes que ser Cenicienta, ¿verdad?

—Me parece que no —ha respondido ella, volviéndose para mirarme.

—¿Y entonces quién serás? —ha vuelto a la carga Guille.

—No sé.

—Bueno, podemos pensarlo. A lo mejor María nos ayuda, ¿verdad, María?

Me he incorporado y he buscado a Manuel con la mirada.

—Claro. Cuando empiece el cole lo pensamos —les he dicho—. Pero ahora toca volver a casa, así que agarren las cosas y los invito a desayunar chocolate con churros, ¿quieren?

Los dos se han iluminado a la vez.

—¡Sí!

Enseguida, como si la mañana acabara de empezar de cero, han cargado cada uno con una jaula, dejándonos a nosotros la bolsa del Carrefour, y han empezado a caminar de la mano hacia la salida, ella con su vestido de princesa cubierto de brillantes y él con sus calzas rojas varios talles más grandes, las babuchas de oro y la boina de lana.

Caminaban velozmente, los dos sobre las puntas de los pies entre la gente, las valijas y el runrún de la estación.

Ajenos a todo lo que los desunía. Como un trazo de magia.

AGRADECIMIENTOS

QUIERO DAR LAS GRACIAS A SANDRA BRUNA POR todo lo vivido, lo luchado y lo disfrutado; a Berta Bruna, porque eres un gran faro; a Quique Comyn, eres único; a Pilar Argudo, qué alegría y qué alivio siempre; a los libreros y libreras que me acompañan siempre y sin los que yo quizá hubiera llegado, pero jamás me habría mantenido; a Claudina Jové, por la cordura; a Sarah Dahan, la risa y el tiempo siempre juegan a nuestro favor; a mis almas grandes de las redes, que son legión de generosidad en vena y que siempre sacan tiempo para apoyar, para empujar y compartirme; a los bibliotecarios y bibliotecarias, por haberme moldeado a imagen y semejanza de sus mejores deseos; a Nuri Massó, prima querida, porque estoy, aunque parezca que no; a Olga E., qué bueno tenerte; a Isabel, Enric y Capi, por familia; A María José Almiñana, no sé puede ser mejor amiga; a Anna Casals, qué gusto haberte encontrado; y a Miguel Manríquez, porque luchaste por Guille y tuyo es para siempre.

Y sobre todo quiero dar las gracias a las mujeres de la familia, a todas las Pubill, por valientes y por enteras.

Y a Rulfo: estuviste, estás y seguirás estando. Hasta el infinito.

BIOGRAFÍA

ALEJANDRO PALOMAS ES LICENCIADO EN FILOLOGÍA Inglesa y máster en poética por el New College de San Francisco. Ha compaginado el periodismo y la traducción con la poesía. En 2016 recibió el Premio Nacional de Literatura Juvenil por *Un hijo*, cuya secuela, *Un secreto*, se publicó por primera vez en 2019. Entre sus novelas, destaca la exitosa trilogía *Una madre*, *Un perro* y *Un amor* (Premio Nadal 2018) que retrata a una familia que ha enamorado a miles de lectores. Su obra ha sido llevada al cine y al teatro y se ha traducido a más de veinte lenguas.

Considera que la literatura infantil y juvenil no es un género menor, y no teme abordar temas difíciles, como hizo en su primer álbum ilustrado, *Un cerezo*, publicado también por Editorial Flamboyant.

Texto: © Alejandro Palomas, 2019
Ilustraciones del interior: Editorial Planeta, S. A.

De esta edición: © Editorial Flamboyant, S. L., 2022
Gran Via de les Corts Catalanes, 669 bis, 4º 2ª, Barcelona
www.editorialflamboyant.com

Fotografía de la portada: Catrin Welz Stein
Corrección de Malena Rey

Primera edición: diciembre de 2022
ISBN: 978-84-19401-18-2
DL: B 19748-2022
Impreso en Egedsa, Barcelona, España.